小説 ReLIFE《リライフ》 1

著者 武井彩 Aya Takei

原作 夜宵草 Yayoi So

誰しも痛みを抱えている。
厄介《やっかい》なのがその痛みは他人に伝わらないこと——。

新卒で入った会社を3ヶ月で退社。現在27歳無職、彼女なしの海崎新太《かいざきあらた》。就活も失敗続きのある日、リライフ研究所サポート課・夜明了《よあけりょう》と名乗る人物が目の前に現れる。彼は海崎を社会復帰のための実験プログラム「リライフ」へと誘い、一錠のカプセルを渡す。翌朝、鏡の前には薬を飲み若返った海崎の姿があった。そして、1年間限定の高校生活を送ることに——。マンガ・ノベルサービス「comico」連載人気作品の夜宵草原作『ReLIFE』をノベライズ化。

contents

本書はフィクションです。
実在の人物・団体とは関係ありません。

小説　ＲｅＬＩＦＥ１

プロローグ

痛みにも、色々ある。

鋭く突き刺さるような痛み。鈍《にぶ》く身体の芯に響くような痛み。

強烈だが一瞬で終わる痛み。じくじくと長く続くしつこい痛み——。

いずれにせよ、厄介《やっかい》なのは、自分の痛みというのは他人には伝わらない、ということだ。


3月。ようやく春が来た感じがしつつも、風はまだまだ冷たい。海崎新太《かいざきあらた》は、昔からこのちぐはぐな季節が好きだった。この時期を越えれば、また春夏秋冬のサイクルが動き出す。なんとなく、この時期には新しい出来事が息をひそめて隠れているような気がするのだ。

しかし、今年は全然違う。「やっと3月」ではなく「もう3月」。大好きだったこの季節の景色もまるで違って見え〝日が長くなったな〟と愛おしく感じた夕方の日差しも〝お前、今日も何もせずに終わるのか〟と自分を責めているような気がしてくる。

——重症だ。親に保証人になってもらって、ようやく借りることができたワンルームの一室。海崎は1枚の紙きれを握りしめ、長い長いため息をついた。

大学卒業後に就職した会社を辞めたのは昨年7月。入社してわずか3ヶ月でのことだ。短い期間しか働いていない職歴は、再就職のハンデとなるとよく聞くが、自分的には『正当な理由』があってのこと。履歴書に書かれた内容より、今のやる気を見てほしいと海崎は再就職に挑んだ。しかし、応募先の面接官たちは、目の前に座る海崎の熱い自己PRよりもやはり、履歴書に書かれた職歴が気になるようで、いい線まで進んでは不採用、というパターンが繰り返されていた。

その日、13社目のトライ。ようやく辿《たど》り着いた最終面接で、数名の役員たちを前に、一通り自己PRをする海崎。面接は終始和《なご》やかなムード。〝これはイケるかもしれない〟海崎が期待に胸を膨らませた瞬間、中央に座る社長らしき人物がにこやかに、こう尋ねてきた。

「大卒後に入った会社、3ヶ月で辞めちゃってるよね。どうしたのかな?」

〝やっぱり、そこ来るか――!〟

　お決まりの質問投下。頭の中では警報のサイレンが鳴り響いているが、相手には動揺を悟《さと》られてはならない。海崎はあくまで平静を装いその質問を打ち破る言葉を吐き出した。嫌というほど頭の中で反芻《はんすう》してきた呪文のような文言だ。

「それは、方向性の違いと言いますか。僕を活かせる場はもっと他にあるのではないかと考えまして。早めに見切りをつけた次第で……!」

　目の前の面接官たちは、皆、興味深そうに話を聞いてくれている。頭をフル回転させ、まるで必殺技を繰り出すかのように、海崎は言葉を畳みかける。

「決断力と行動力も、僕の長所です! そのお陰で、今こうして御社に巡り合えている訳で……! 早々に次の行動に移ったのは英断だったと自信を持って言えます!」

　言葉がいくつ相手にヒットしたかは分からない。あとは、とにかく好印象を植え付けるのみ、だ。海崎は、面接官に向かってニコッ!と笑って見せた。すると、面接官もそれに応えるようにニコッ、と微笑み返してくれた。手ごたえあり。――のはずだった。

『厳正なる選考の結果、残念ながら採用を見送ることとなりましたことをお知らせ致します』

「最終までいって、結局こうかよ。変に期待持たせやがって……」夕陽が差し込む部屋の中、そうひとりごちる海崎。じわじわと怒りがこみ上げてくる。

──つーか、どこもかしこも「最初の会社を3ヶ月で辞めてるのは？」って！　合わなかったからだよ！　サクッと辞めて次探しちゃ悪いのかよ！

不採用通知の紙をグシャグシャと丸めて放り投げる海崎。

「あーもー、消してぇー。自分の職歴……」

いつから、こんな風になってしまったんだろう。子供の頃、大きくなったら大学に行って、普通に卒業して、普通に就職して、普通に仕事して25ぐらいで結婚するのかな、と思っていた。それが、2浪＋院卒で、現在27歳。無職の上に、彼女無しだ。

痛い、痛い、痛い、痛い。今の自分を表すワードが、いちいち心に突き刺さる。

部屋の片隅に置いた携帯が鳴る。実家の母からだ。再就職先の面接が最終に残ったことを報告してあったので、その後の結果が気になって連絡してきたのだろう。

「もしもし……」

「どげえやったんな、最終の結果は⁉」

母親のヒステリックな怒鳴り声は、一気に思考回路を狂わせる。どこからどう説明したらいいのか。それを考えるのも面倒くさい。海崎は、結論だけを母に告げることにした。

「……ダメじゃった」

「はあ⁉　アンタ、そこに決まるっち言いよったやないの！　なんで⁉」

「知らんが。落ちたもんは、落ちたんじゃあけぇ」

「……ふーん」

あきれ顔をしている母の顔が目に浮かぶ。失望させたことは申し訳ないが、こんなときぐらい、優しい言葉をかけようとは思わないのか。黙り込む海崎。すると、わずかな沈黙の後、受話器の向こうで母親がこう告げてきた。

「……そんなアンタに、悲しいお知らせで悪いんやけど」

「何？　これ以上、悲しいお知らせなんて、そうそうねーと思うんやけど」

「来年から、仕送りを断つことになったけぇ」

「——はああ⁉」

「うわ、そんな大きな声出さんでよ」

「電話の第一声が大声やった人がよう言うが！　……てか、え、何？　なんで⁉　そんなイキナリ言われても……！」

「だって、アンタ。いくら大学新卒って言ったってもう27やで」

前のめり気味で話していた海崎は「う……」と固まる。

「27のおっさんが親に仕送りもらって生きよんのやで」

「息子におっさん言うなや！　まだ若ェし、バイトもしよる！」

「何か夢とかやりたいことがあるんやったらいいけど、どーせ、そういうことでもないんやろ」

「……」

「……だったら、もう帰ってきぃよ。そっちにおる意味、あるん？」

「……悪いけんど。そっち出るときにも言うたはずやで。『こげな田舎はもう嫌じゃ』ち。俺、戻らんよ」

「構わんがよ、そこは別に。『アンタの人生なんじゃけえ。好きにすればいい』っち、言うたろう」

母の変わらぬ愛に、海崎の目の奥がツンと痛くなる。

「母さん……」

「――ただもう、死んでも知らんけぇって話よ」

「死⁉　……ちょ、なんちゅうことを⁉」

「死にとおなかったら、こっち帰ってきて父さんの漁を手伝いよ」

「え、ちょっ、待っ……」

「以上」

一方的に切られた携帯を握りしめ、海崎は茫然と立ちすくんだ。母親に、バッサリと斬り捨てられた。これがとどめ、だ。


初めてスーツを買ったのは、ようやく大学に合格し、田舎から上京する段取りがついたときだ。ようやくこのクソ田舎から離れられる、と期待に胸を膨らませていた海崎に、父親が地元の信用金庫の袋に入った5万円を差し出してきたのだ。「良い服を、ひとつぐらい買っとけ」と。

人生初のスーツを買う店に選んだのは、実家から車で40分ほどいった国道沿いにある大手紳士服店。夏でもないのになぜかハワイアンが流れ、敷地だけはやたら広い。そこで店員に見立ててもらったのはダークグレーのシングルのスーツと白いワイシャツ、そしてブルーのネクタイだ。結局、ちゃんとしたスーツはその一着だけで、大学の入学式も、卒業式も、そして入社式も、それをひたすら着まわしていた。そして、今。

海崎は、そのスーツに身を包み、大学時代のゼミで一緒だった連中と飲んでいる。別にスーツの着用が定められた店という訳ではない。失業中であることを友人たちに悟られないため、仕事帰りである体《てい》を装っているのだ。

大学時代、一緒にバカをやっていた連中も皆、それぞれが自分の働く会社のカラーに染まっていた。やれ顧客のクレームだの、工場の納期がどうだの、今月は残業50時間超えるだの。眉を顰《ひそ》め、愚痴のように語ってはいるが、海崎には彼らが、皆、輝いて見えた。なんだかんだ言いながら、きちんと自分の場所で生きていく覚悟が見て取れたからだ。

「──で、海崎はどうなの」

「え」

ずっと黙っていた海崎に、急に話が振られる。

「お前、4月に異動、とか言ってなかったっけ？　どうなの？」

「俺は……まだ分からない」

「は⁉　もう3月だけど」

「……なんか、ちょっと揉めてて」

友人たちは、「ああ、分かる分かる」といった様子で頷《うなず》いてくれる。どこも、大変だよなあ、と。――いや、お前らには絶対分からないよ、と海崎は思った。なんとなく、ノリで仲良くしてきた大学時代の友人たち。決して悪い奴らではないが、相手にナメられないようにと、どこか虚勢を張り合っているように見える。その場限りで楽しく過ごすことはできるが、洗いざらい悩みをさらけ出せるほどの間柄ではない。

飲み会の帰り。飲みすぎた海崎はフラフラと夜道を歩いていた。ふと見上げた街灯が、すぐそばの桜の枝を照らしている。まだ春は遠く、固く閉じたつぼみ。この桜が満開になる頃、俺は一体、どこで何をしているのだろうか。ふと、母親の言葉が頭をよぎる。

「だったら、もう帰ってきぃよ。そっちにおる意味、あるん？」

帰る？　田舎に？　――それも悪くないかもしれない。今なら、改めて実家の良さが分かるかもしれない。大分の漁師町にある実家は、海に囲まれていて何と言っても魚が旨《うま》い。通勤ラッシュもないし、狭い町で生きる人たちはみんな家族みたいだ。あの町で、平凡に結婚して、父親になって、人生を終える――。

うわあああああ！　ないないないない！

頭を抱えて路上にへたり込む海崎。

〝折角、苦労して都会に出てきたんだ。誰が帰るか、あんな辺境の地！〟

しかし、今のところ田舎に帰る以外の手立てが見つからない。僅《わず》かな貯金も、来月には底を尽きる。そうなったら、バイトだけでは到底やっていけない……。

「情けない……」

海崎の口から、その言葉がこぼれ落ちた瞬間、風が吹いた。季節の移り変わりを知らせる春の突風。

「こんばんは」

突然声をかけられ、振り向く海崎。革のカバンを斜め掛けにした色素の薄い髪色をした、少年ぽい男性が柔和な笑顔を浮かべて立っている。

「初めまして。海崎新太さん」

第一章　接触

リライフ実験報告書　担当　夜明了
3月1日　被験者No.002　海崎新太（カイザキアラタ）に接触を図る。

想定外なことが起きるとフリーズする。その点は人も機械も同じだ。突然、声をかけられ呆然とする海崎の前で、男性はそれがあたかも当然かのように一方的にぺらぺらとしゃべり出した。

「海崎新太さん。2浪の末に大学入学。その後、大学院まで進み就職も決まり卒業。ただ、折角入ったその会社をたった3ヶ月で退職。そして、現在無職の27歳、と。

――間違いありませんか？」

「いやっ、あのっ……」

「はい」

「誰……？」

男性は「ああ、これは失礼しました」とカバンから名刺を取り出した。

「僕は、リライフ研究所の夜明了《よあけりょう》という者です」

受け取った名刺と目の前に立つ男性を交互に見つめる海崎。

「……なんか、胡散臭《うさんくさ》い」

「あ、企業名です？」

「いや、アナタの名前が」

「やだなあ、本名ですよ」

海崎は、必死に過去に受けた数々の企業を思い返す。しかしその中に〝リライフ研究所〟など無かったはずだ。

「あの、どこかでお会いしましたっけ」

「いえ」

「だったら、なんで俺の経歴――」

夜明は、面倒な説明は省きたいといった様子で海崎の言葉を遮《さえぎ》る。

「単刀直入に申し上げます。海崎新太さん。あなたはリライフの被験者に選ばれました。我々の実験に協力してほしいんです」

海崎の全身が、ぞわ、と総毛《そうけ》だつ。自分の中にまともではない、異質なモノが侵入してくる嫌な感触だ。

「リライ……フ……?」

「我々は、社会からドロップアウトした、まあいわゆるニートを対象に社会復帰のためのプログラムを検証している組織なんです。そのプログラムを〝リライフ〟と呼んでおりまして」

「おい、ちょっと待てよ！　俺はニートじゃねえ。ちゃんとバイトもしてるし、就活だってしてる」

夜明は、ははと笑いながら「これは失礼」と感情的になった海崎を適当に受け流す。

〝こいつ、只者じゃない〟と身構える海崎。会社員時代、海崎は彼に似たような人物に会ったことがある。勤めていた会社の上司だ。海崎は退職する前、会社の問題点を訴えようと彼に直談判しに行った。しかし、彼は、海崎が熱くなればなるほど笑顔を浮かべ「うんうん。そうか、それは悪かったね。いや、貴重な意見をありがとう」と窘《たしな》めてきた。腹の中では、お前の代わりなどいくらでもいる、と思っていたくせに。

本当に怖い人間というのは、威嚇《いかく》したり、怒鳴ったりなどはしない。ただただ優しい顔で笑っているものなのだ。海崎のそんな思いをよそに、夜明は穏やかな口調で語り続ける。

「海崎さん。あなたがニートでないことは我々も重々承知しております。先ほど申し上げた通り、あなたの経歴は勝手ながら全て調べさせていただきましたから。その上で、こうしてお願いにあがっているんです」

「防御」モードの海崎は、何とか敵の隙《すき》をついてこの場から逃げ出すことだけを考えていた。でなければ、何かとてつもなく面倒なことに巻き込まれそうな気がする。

「実験期間は1年間。もちろん、あなたの貴重な1年間をいただくことになるので、それなりの対価をご用意致します」

「対価？」

「まず1つ。1年間の海崎さんの生活費用は全てこちらで面倒みます」

「え⁉　全て……？」

「ハイ♪　食費から家賃、全てです。海崎さんは、1円の出費もなく1年間を生活できます。そして、もう1つ。1年間の過ごし方次第では最終的にこちらから再就職先のご紹介も致します」

「まあ、成果次第なので確約はできませんが、海崎さんの1年間をこちらで観察・記録して、企業に推薦する、という形です」

ガチガチにガードを固めていた海崎は、わずか1分で、鎧《よろい》を脱ぎ捨て、布の服1枚の男になり下がった。

「マジで⁉」

「実験って、俺は何をすれば……」

「わぁ、嬉しいです。ご興味を持っていただけて」

夜明のこの言葉に翻訳をつけるとしたら「もう逃がしませんよ」といったところだろうか。海崎は完全に捕らえられた、と感じた。いや、むしろここは、あえて自ら敵の懐《ふところ》に飛び込んだほうが得策かもしれない。無職で親からの仕送りも止められそうな今、夜明が提示してきた条件は何よりもオイシイものだ。海崎は静かに、夜明の次の言葉を待つ。すると夜明は、白く美しい人差し指をスッと立て、こう告げてきた。

「この春から、1年間。高校生になって高校に通っていただきたいんです」

なんだろう。この感じ。笑えないオヤジギャグを無理やり聞かされ、どうリアクションしていいか分からない、あのときの感覚に似ている。

「はあああ⁉」

「海崎さん。深夜なのでお静かに」

「いやッ……はあああ⁉」

海崎は二度三度と、夜明の言葉を反芻しては、首をかしげる。

「高校生って、俺もう27で……や、どう考えたって、無理だろ！」

「大丈夫です。根回しは完璧なので、バレません」

「いや、見た目とかさ」

「そこも大丈夫です」

夜明は小さな袋に入った1錠のカプセルを差し出した。

「うちで開発した秘薬です。これ飲めば見た目高校生ぐらいまで若返れますから」

「薬……？」

「あれ、なんか一気にヒいてます？」

「あたりめーだろ！　なんだよ薬って！　怖ぇよ！」

「まあまあ、安全ですので」

「信用できるか！」

興奮する海崎。視界に星が飛び始める。今頃になって酒の酔いが回ってきたのだ。

こんなバカバカしいやりとりなど切り上げて、早く家に帰りたい。一気にテンションが下がった海崎の顔を夜明が覗《のぞ》き込む。

「ご協力、いただけませんか？」

「……急に、そう言われても」

「どうせ、今後の予定も無いじゃないですかぁ」

「うるっせーよ！　そういう問題じゃなくて……」

海崎が、何とか断る方向に話を持っていこうとすると、これまでフワフワした笑顔を浮かべていた夜明の表情が豹変《ひょうへん》した。

「また、逃げますか」

チクッと海崎の胸に痛みが走る。目の前に立つ夜明の瞳は、月明かりに照らされて冷たく光っている。その澄んだ瞳は、まるで海崎の心のうちを何もかも見透かしているようだ。

「高校生とか、面倒だなーって思ったでしょう。田舎暮らしがイヤになって、都会の大学を受験。就活がうまくいかなくて、とりあえず大学院に進学。卒業後なんとなく就いた会社は合わずに3ヶ月で退職。とりあえずバイトをしながら、なんとなく就活をして、実家からの仕送り断ちを告げられてもなお、今後もバイトでなんとかなると思っているぐらいですもんね」

「なっ……なんで、そんなとこまで知って……」

　夜明は、元の少年のような表情に戻る。

「まあ、確かに、急な話ですので、今日は一旦引きます」

　そう言うと、夜明は海崎のジャケットの胸元をグイ、と掴《つか》み、胸ポケットの中に例のカプセルをねじ込んだ。

「え！　ちょっと――」

「この薬は、海崎さんにしか効かない物なので、差し上げます。ご協力いただける決心がついたら飲んでください」

「待てよ、なんだよ、勝手に」

「あ。ちょっと眠気がくるので、その辺はお気をつけくださいね」

「人の話を聞けよ！」

「イヤです」

「ああ!?」

「今の人生を変えられるチャンスだ、と思うか。怖気づいて、このままズルズル、ニート生活を続けていくかは海崎さん次第です。――実際、もう辛くてやめたいんじゃないですか」

夜明は、そっと海崎の耳元でささやいた。

「会社員のフリをして、お友達とお酒を飲むのも、ね」

生皮《なまがわ》を剥《は》がれるときというのは、こんな風かもしれない。一番人に晒《さら》したくない部分を見栄やプライドで何層も何層も保護して守ってきたのに。夜明は、それを何のためらいもなく引き剥がした。一気に、それも、笑いながら。

「では、いいお返事をお待ちしております」

夜明は、女の子みたいに手を振りながら、笑顔のまま夜道に消えていった。

――頭が痛い。吐き気もする。海崎はその場にしゃがみこみ、まだ早い春の空気を一気に吸い込んだ。

27歳の春は、こんな始まりだった。


窓の外から、ゴミ収集車が鳴らす音楽が聞こえてくる。目を覚ますと午前11時。結局、昨夜は酔ってフラフラのまま自宅に戻り、風呂にも入らず、ベッドに倒れこんで眠りについてしまったのだ。だるそうに身体を起こす海崎。二日酔いで頭が痛い。しかし、なんだろう。若干、いつもより身体が軽い気がする。高校生になることを想定した夢なんかを見たからだろうか。海崎は、とにかく目を覚まそうと洗面所に向かった。

顔を洗って、髭を剃ろうと頬に触れる。ん？　肌の感触が、心なしかいつもよりみずみずしい気がする。鏡を見る海崎。すると、そこには高校生の頃の自分の顔があった。〝なんだ？　この違和感。俺なのに俺じゃねえ。なんていうか、ちょっと若返ったような……〟

全身の血がスッと引く。海崎は昨夜、夜明に渡されたカプセルのことを思い出した。飲めば高校生まで若返ることのできる謎の秘薬。海崎は、まさかと思いながら、リビングに駆け込む。そして、自宅に戻った後の行動を回想した。具合が悪いまま、自宅に戻った海崎は、トイレに向かい、その後キッチンで水を飲んだ。「何が高校生だ、バカ野郎」確か、そう呟《つぶや》いた気がする。しかし、その次から記憶が飛んでいる。焦って昨日着ていたスーツのジャケットの胸ポケットを確認する。空だ。呆然と立ちすくむ海崎。その視線の先には、テーブルの上に放置された、空のビニールの袋と夜明の名刺があった。あれほど、怪しんでいた謎の秘薬を、あっさり服用してしまったのだ。自分が嫌になり、うわあああ！と床に倒れこむ。

「飲むか、普通⁉　怪しすぎるだろ！　てか、本当に若返ってるし！　てことは、マジだったのかよ、昨日の話！」

夜明にまんまと乗せられた感が悔しくて仕方がない。自己嫌悪に打ちひしがれていると携帯が鳴った。しかし見覚えのない着信番号だ。

夜明は、朝4時起きで、海崎の自宅近くで待機していた。海崎の動きを監視するためだ。いつ、どのような動きを見せるのか全く分からないが、ひとつだけ確信があったのは、海崎は間違いなく渡した薬を飲んでくれる、ということだ。

海崎の住むアパートからは、7時を過ぎるとOL風の女性や若いサラリーマンたちが次々と玄関から出てくる。しかし、無職の海崎は、まだ全く動く様子がない。午前11時。ようやく海崎の部屋の窓のカーテンが開いた。夜明は、急いで海崎の部屋の前に移動する。腕時計を見つめる夜明。1分経過……2分経過……。次の瞬間「うわあああああ！」と室内から海崎の叫び声が聞こえてきた。「よし」と小さい声で呟く夜明。パニック状態からの放心状態。そして、現実を受け止めるまでの時間を考慮し、絶妙なタイミングで、海崎の携帯に電話をかけた。

「……はい」

「あっ、オハヨーございます。夜明です」

「ちょ、アンタ、なんで俺の番号――」

「あ、覚えておいでですか、僕のこと。光栄です」

「だから、人の話を聞けよ！　この変人！」

「もしかして、もう薬は飲んでいただけました？」

「あ⁉　……飲む訳ねぇだろ、あんな怪しいモン！」

電話の向こうから、海崎の動揺が伝わってくる。

「あれ、そうなんですか？　じゃあ、何だったんだろう。さっきの奇声」

「え？　ちょっと」

「てっきり高校生に戻った自分の姿に驚いての奇声かな、と思ったんですけど」

「待て」

「違いましたか？」

「アンタ、今、どこにいるんだよ？」

「あなたの、家のドアの前です」

玄関ドアに寄りかかって座る夜明。

「おま……ッ！　なんで俺の家まで知ってるんだよ、このストーカー！」

予想通りの展開に、夜明はつい、あはは、と笑ってしまう。

「笑ってんじゃねぇよ、怖えよ！」

おっと、楽しんでいる場合ではない。不信感を植え付けてしまったら何もかもが台無しだ。

「やだなあ。僕はこれがお仕事なんです。僕だって、どうせなら女の子を付け回したいですよ」

「――その発言、アウトだぞ」

「海崎さん。昨日のお話の続きがしたいんです。よかったら中に入れていただけませんか？　僕、すっごく不審者っぽくてそろそろ限界です」

「でしょうねぇ！」

「あははは、海崎さんノリがいいなあ」

「だから、笑うんじゃねえっつーの！　怖えから！」

　部屋の中から、ドタドタと足音が近づいてくる。夜明がドアの前をどこうとすると、海崎が力いっぱいドアを開けた。思い切り開いたドアにぶつかり「痛っ！」と倒れこむ夜明。

「うわ、マジでドアの前だったのかよ。悪い」

　夜明は、あははと笑いながら立ち上がる。

「だから、そう言ったじゃないですか。もっと優しく――」

　海崎を見る夜明。目の前に黒髪のちょっとヤンチャそうな男の子が立っている。

「海崎、さん？」

「……ああ」

「やっぱり、飲んだんじゃないですか。薬」

「酔ってた勢いで、だ。飲んだの全然覚えてねぇんだよ。俺の意思で飲んだ訳じゃねぇ。事故だ、事故」

「酔って覚えてないだなんて。さすが大人のクズですね☆」

「クズ⁉」

「というか、知らない人からもらった薬なんて、よく飲む気になれましたね。ちょっと信じられないです」

「アンタが、言うか！」

「まあまあ、立ち話もなんですし、どうぞ中に」

「俺の部屋ァ！」

　まんまと夜明のペースに乗せられ、海崎は彼を家に上げてしまった。夜明は着々と部屋の中に段ボールを運び込んでいる。

「なんだよ、その段ボール」

「ああ。高校の制服やら教科書やら、もろもろです」

「あのさ。昨日の話の続きっつーか、もう契約する気マンマンで来てない？」

「海崎さんなら、もう薬飲んでるなーって9割9分自信あったんで」

「俺の拒否確率1％かよ」

　夜明は、段ボールを開き、契約に必要な事項を段取りよく説明し始めた。その中に白い校舎が映り込んだ、学校のパンフレットもある。青葉高等学校。海崎の新しい〝職場〟としてあてがわれる学校だ。パンフレットを一枚一枚めくるたびに、海崎の中に違和感が広がっていく。つい8ヶ月前までサラリーマンで、昼夜を問わず営業先を回っていた30前の男が、高校に通う。見た目が若返ったという事実があるにせよ、全くリアルなこととして受け止めることができないのだ。

「——海崎さん？」

　我に返る海崎。いつの間にか、夜明の話は契約書の中身に移り変わっていた。テーブルの上に置かれた契約書を指し示しながら、説明を進める夜明。さっきのヘラヘラとした様子はなく、ビジネスモードに切り替わっている。まるで、契約を迫る保険外交員のようだ。

「こちらが、契約書兼注意書きですが、ほとんどは昨日お話しした通りです。我々の実験サンプルとして、海崎さんには1年間高校に行っていただく。それを僕、夜明了が観察、記録し、上に報告する。その謝礼として、海崎さんには生活費の援助と、就職先の斡旋を致します。――ああ、あと、お話ししていなかったのは〝記憶〟について、ですね」

「記憶？」

「はい。1年のリライフ期間が終了した後、クラスメートや教師、海崎さんに関わった人全てから、海崎さんに関する記憶は消えます」

「消える……？」

「これは17歳の海崎さんという人間は、本当はこの時代には存在しないためです。矛盾を無くすために、全て無かったことにしてしまいます」

「記憶を消すって……すごいな。そんなことまでできるんだ」

夜明は海崎の反応を見ながらさらに話を続けた。

「うちの組織、ナメないでください」

「いや、ナメてない。むしろもう、超怖い。――あ、ひとつ聞いてもいい？」

「なんなりと」

「俺の記憶は、どうなるんだ？」

「海崎さんは、そのままですよ。そこ、消してしまったらリライフの意味がありませんから。――あ、ただし」

「ただし？」

「このリライフのことを他言《たごん》した場合は、海崎さんの記憶も全て消されます」

「え……」

「自分が本当は27歳であること。薬のこと。うちの組織のこと。一切、他言は許されません」

ゾッとする海崎。こういう説明をするときの夜明は、とてつもなく冷酷《れいこく》な表情になる。

「もし、そのルールに反したら？」

「機密漏洩《ろうえい》が発覚した段階で実験は終了。海崎さんの姿を元に戻し、記憶を消し、全て無かったことにします。全く記憶のないまま、気づいたら28歳になっちゃった、俺は、就活もせずに、この数ヶ月一体何をしてたんだ……？っていうことになり得る訳です」

夜明は、うふ、とかわいい笑顔を見せて、こう続けた。

「海崎さんだって、時間は無駄にしたくないでしょう？　なので、この点だけはくれぐれもお気を付けください」

海崎は、膝《ひざ》についた両手が震えていることに気づく。自分は1年間の安定と引き換えに、何かとてつもなく大事なモノを差し出そうとしているのかもしれない。この目の前に座る天使のような笑顔の夜明が、だんだんと邪悪な悪魔に見えてくる。

「説明は以上です。引き受けていただけるなら、契約書にサインをお願いしたいのですが。何かご質問はありますか？」

悪魔が、契約のペンを海崎に差し出す。海崎はジッと考え、そして、決意した様子でそのペンを受け取った。

「いや、ないです。──やります」

ここまできたら、色々考えたって仕方がない。どうにでもなれ、だ。何も難しいことはない。昔1回やった高校生をもう一度、やるってだけの話だろ。それで1年食いつなげて、うまくいけば仕事もゲットできる。

──やってやろうじゃねーか。リライフ！

海崎は、契約書にサインをし、判を押して夜明に差し出した。夜明は、それを確認しニッコリと微笑む。

「はい。確かにいただきました。では、改めまして担当の夜明です。よろしくお願いします」

海崎の前に、夜明は右手を差し出した。

「良いリライフにしましょう」

汗びっしょりの手で、海崎は、夜明と固く握手を交わした。こうなってしまった以上、もう夜明だけが頼りだ。

「よろしく……お願いします」

それからすぐ、本部に夜明から新しい報告書が届く。高校生に戻った海崎の写真が添えられたそれには、こう書かれていた。

リライフ実験報告書　　担当　夜明　了
3月2日　被験者No.００２　海崎新太（カイザキアラタ）に再度、接触を図る。
予想通り薬は服用済み。本日、無事に契約完了。果たして、どんなリライフを見せてくれるのか。

第一章　接触

第二章　潜入

海崎がタバコを本格的に吸うようになったのは、会社に入ってからだ。それまでは、友達と飲みに行った際に数本吸う程度だったが世の中の風潮に逆らって喫煙者となったのは、明らかにストレスのせいだ。嫌味な客の対応に、上からの圧。仕事に行き詰まると海崎はいつも会社の喫煙室に向かうようになっていた。タバコの煙と、他人の噂話と悪口が渦巻く場。新入社員の海崎も、最初は男性の先輩たちの他愛もない悪口に相槌を打っていたが、だんだんとそれも息苦しくなり、なるべくタバコを吸うときは、会社近くの公園に出向くようになっていた。あれは、いつだったろう。ベンチでタバコの煙をくゆらす海崎のそばで、制服姿の高校生たちが水風船をぶつけあって遊んでいた。当時の海崎は、そんな彼らを眩《まぶ》しく見つめたものだ。〝俺もあの頃に戻って青春してえな〟と。――まさか、その夢が、本当に叶う日が来ることになろうとは。

海崎が通うことになる青葉高等学校は、最寄り駅から電車で40分ぐらいの場所にある。今朝は6時起きだ。久しぶりに朝のニュースの「おはようございます」の声を聞いた。あまり眠れなかったわりに、頭は妙に冴《さ》えている。緊張している証拠だ。顔を洗った海崎はまず、鏡を見て、薬の効果が切れていないかどうか確認した。そして、リビングに進み、ウォールハンガーにかけてある制服を手に取った。襟《えり》部分がスカイブルーのワイシャツにグレーのニットカーディガン。ダークグレーのズボン。それにそでを通す海崎。最初の難関。ワイシャツの一番上のボタンをきちんとはめるか、外《はず》すか悩む。初日から着崩《きくず》していいものか。TPOに従いたいところだが、いかんせん情報がなさすぎる。とりあえず、きちんとボタンはつけておいて、あとは学校についてから決めよう。それにズボンと同じ色のネクタイを合わせ、完成。ここで海崎は「おっと」と呟き、テーブルの上に置かれた赤いタイピンを手に取る。青葉高等学校では、学年毎《ごと》に色が分かれたタイピンの着用を義務付けられている。夜明も「とても重要なものなので、絶対に忘れないでくださいね」と言っていた。海崎はそのピンをネクタイに付け、再度、鏡をマジマジと見つめた。大丈夫だ。ちゃんと高校生に見える――

はず。そのとき、テレビから「7時」の声がした。「やば」と焦る海崎。支度だけで1時間もかけてしまった。初《しょ》っ端《ぱな》から遅刻はまずい。慌てて使い慣れたカバンの中に財布や携帯等を詰め込むが、ハタと気づく。黒い革のビジネスバッグでは、あまりにも不釣り合いだ。慌ててクローゼットからリュックを取り出し、バッグに入っていた物を全て移し替えた。もう家を出なければいけない時間だ。海崎は黒いローファーを履《は》き、玄関ドアを開ける。――いよいよ、リライフ初日、だ。

海崎新太　4月8日　午前8時00分

通勤列車に揺られ、学校に向かう海崎。列車がトンネルに入り、窓ガラスに自分の姿が映る度に、胃がキュッと痛む。徐々に気分も悪くなってきた。電車を降り、駅の改札を出ると海崎の周囲には一気に同じ制服を着た高校生たちが溢《あふ》れた。女子は同じデザインのセーラー服バージョンで、短めスカートにハイソックス。眼福《がんぷく》、と言いたいところだが、そんな余裕は全くない。高校生の群れの中に、おっさん一人。いたたまれなさに包まれる海崎。例えるなら新品の商品の中に紛れ込んだ中古品の気分。海崎は、思わず自分の体臭、口臭をチェックした。古い酸化した油のような臭いはしていないか。「海崎君て、うちのお父さんと同じ臭いがする」なんて言われたら即死だ。海崎の足取りは、どんどん重たくなってくる。

駅から出て緩《ゆる》やかな上り坂を歩くと、花弁を散らせる桜並木が現れ、脇道を入ると、ふいにその建物は姿を現した。青葉高等学校。真っ白な鉄筋の校舎が春の陽光を受け眩しく輝いている。

〝ついに、ここまで来てしまった〟

校門を前にした海崎は、足がすくんで動けない。考えてみたら、これは犯罪じゃないのか。リライフという研究に協力するため、という名目で27歳無職の男が高校に潜入する。詐欺罪、いや、不法侵入か。首を横に振り、悪い考えを振り払う海崎。

〝いやいやいや、大丈夫。俺は高校生。堂々としていればいい〟

勇気を振り絞って、ついに高校の敷地内に足を踏み入れた。


新学期。どうやら落ち着かないのは、海崎だけではないようだ。周囲の生徒たちも、ソワソワしながらクラス分けの一覧を眺めている。海崎のすぐ近くで「きゃ」と悲鳴がおきる。同じクラスになれた親友同士の女子が抱き合って喜んでいる。懐かしい光景。そういえば、自分も好きな子と同じクラスになれるかどうかで、新学期は一喜一憂したものだ。そんなことを考えながら、海崎は一覧の中から自分の名前を見つけ出した。

〝うわ。すげ……。本当にあるよ、名前〟

　３年３組。海崎は第２ステージに進むべく教室に向かった。

　青葉高等学校は、卒業後付属の大学に進めることから、途中から編入してくる生徒も少なくないらしい。その点が非常にリライフの実施施設としてふさわしい、と夜明は言っていた。３年３組の教室の前に立った海崎は、開放してある入り口から教室の中を覗き見た。クラス替えしたばかりとはいえ、１年のときからこの学校に通っている生徒たちは、部活や何かで顔見知りなのか、すでに男女それぞれのグループがいくつかでき上がっている。

〝入りづれえ……〟

　海崎は、出来るだけ目立たないよう目立たないよう、入り口の近くの席に座った。教室の一角で、女子がヒソヒソと内緒話をしているだけで、ビクついてしまう。そんな情けない自分を鼓舞《こぶ》する海崎。

〝何ビビッてんだ、俺。周りは全員10歳も下のクソガキたちじゃねえか〟

リライフのミッションは「高校生として過ごす」ことだけであり、別に、何か目立った活躍をすることなどは求められていない。目立たず、静かに1年間を終えれば、それでいいはずだ。できるだけ、誰とも関わらず、大人しくしていよう。海崎がそう決意していると、突然、凛《りん》とした声が響いた。

「あの」

顔を上げる海崎。髪を2つに結《ゆ》わえた、真面目そうな女子が立っている。

「そこ、私の席なんですけど」

「え」

しまった、と思う海崎。そうだ、ここは高校だ。大学の教室でもなければ、会社の会議室でもない。席はご自由に、ではないのだ。

「えっと、じゃあ、俺の席は――」

「黒板に名簿が。出席番号順で決められています」

「え!? あ、そうなんですか!?」

「そうです」

まっすぐに切りそろえられた前髪の奥で、大きな瞳が海崎を怪訝《けげん》な様子で見つめる。

「す、すみません！　知らなくて。ありがとう、ごめんね！」

ガタガタと立ち上がり、カバンを持ってバタバタと座席表の元に駆け寄る海崎。一気にクラス中の注目を集めてしまう。最悪だ。早速恥をかいてしまった。おまけに、年下の高校生に思わず敬語まで使ってしまって――――！

慌てて海崎が自分の座席を確認していると、入り口から1人の男子生徒が姿を現した。彼を見た女子生徒の1人が声をかける。

「おはよう、夜明。また同じクラスだね」

「うん、よろしくー」

夜明？　聞きなれた、その甘ったるい声に海崎は振り向く。色素の薄い髪色の少年は、夜明――いや、正確には高校生になりすました夜明だ。

「ちょ、夜明さん！」

海崎は、意図を確認しようと思わず声をかける。すると夜明は人差し指を口元にあて「シ」と黙るように指図した。そして海崎にしか聞こえないほどの小声で、こう囁《ささや》いた。

「他言したら、記憶を消して実験終了、と言いましたが、アレは他言せずとも気づかれてしまったり、バレてしまった場合も同様です。言葉に気を付けてください。今、ここではまだ海崎さんと僕は初対面です」

夜明はそう言うと、他人のフリをしてスタスタ立ち去っていった。腑《ふ》に落ちない海崎。

〝だったら、最初に言っとけよ！　自分も高校に通うって！〟

海崎は、リライフというものがどういう物なのか、だんだんその全容を理解していった。学校にいる間、研究員は被験者のすぐそばで観察をし続けるのだ。目立たず、1年をやり過ごすことなど、恐らく無理だ。


枯れたはずのサボテンの世話を諦《あきら》めずに続けたら、奇跡が起こって花が咲いた。全体朝礼での校長の話を要約するとこうだ。要するに君たちも何事も諦めずに頑張りなさい、というオチにもっていきたいのだろうが、いかんせん、話が長すぎて全く頭に入ってこない。

〝懐かしいな、この感じ〟

10年ぶりの朝礼に参加し、海崎は改めて自分は今高校生に戻ったのだと実感している。

〝よく、校長の話に飽きて、前のヤツに膝カックンとかしたよなぁ〟

海崎は、体育館に集められた全校生徒をしげしげと眺《なが》める。20分越えの校長の話に飽きもせず、私語はおろか、咳のひとつも聞こえてこない。きっとおとなしく真面目な校風なのだろう。そのとき、海崎の隣に立つ女子生徒がこらえきれないように「ゴホン」と大きな咳をひとつした。風邪で気管支がやられているのか、いやなタイプの咳だ。すると、体育館中のそこかしこから「ゴホッ」「ゴホゴホ」と立て続けに咳が聞こえてくる。海崎は、必死に笑いをこらえる。連鎖する咳。これも、朝礼あるあるだ。

朝礼の後は、教室に戻り、恒例の自己紹介だ。教壇に立つジャージ姿の化粧っ気のない若い女性教師が、まず自らの紹介を始めた。

「3年3組を担任することになりました。天津《あまつ》です」

担任は、黒板に「天津心《こころ》」とチョークで書き示した。専門は体育。初めて、受験生である3年を担任するという。見た目から、俺と同年代か年下といったところか、そう分析する海崎。たった3ヶ月だけとはいえど会社員として先輩から営業の心得を学んだ。ぱっと見で、その人の年齢や特徴を分析するのは得意だ。

その後、天津は出席番号最初の生徒と、最後の生徒にじゃんけんをさせ、勝ったほうから順番に簡単な自己紹介をするように指示をした。じゃんけんの結果、出席番号が一番最後の生徒がトップバッターとなる。夜明だ。

「えーっと、夜明了です」

立ち上がった夜明を改めて見つめる海崎。どこからどう見ても高校生に見える。夜明も、海崎と同じ薬を飲んだのだろうか。

「2年のときも、3組でした。部活は入っていません。よろしくお願いします」

〝2年⁉〟驚いて思わず声を出しそうになる海崎。夜明は、去年もこの学校に通っていた？　混乱する海崎。まさか、実は高校生の夜明が本物で、大人の夜明が偽物だったりして。まさか、俺は、子供の策略《さくりゃく》にまんまと引っかかったのでは⁈　海崎がそうグルグルと考えを巡らせている間に、自己紹介はどんどん進む。どこのクラスにもお調子者はいるもので、ウケ狙いで、流行りの一発ギャグを交え笑いを取る男子や、カワイさアピールで、わざとアニメ声を出す女子など、キャラは様々。その都度、友人たちがはやし立てたり、大げさな拍手をしたりして、盛り上げた。

「はい。次の人」

天津にそう言われ、1人の女子生徒が立ち上がった。あっ、とその生徒を見つめる海崎。今朝、海崎が席を間違えた、あの真面目そうな子だ。

「日代《ひしろ》千鶴《ちづる》です。2年3組でした。部活はやっていません。よろしくお願いします」

パラパラと拍手が沸く。ストンと椅子に座る日代。

思わず〝愛想ねえなあ〟と突っ込みたくなるような挨拶。海崎の周りでは、女子たちがヒソヒソ話をしている。

「あの、日代さんって、アレだよね。ずっと学年1位の」

「そうそう」

なるほどな、と思う海崎。近寄りがたい秀才タイプ。自ら壁を作り、そうそう他人に気を許さないとっつきにくいタイプ。海崎はそう日代を分析した。時代が変わっても、ああいうタイプの子はいるんだな、と。

そうこうしているうちに、自己紹介は海崎の番になった。さすがに緊張はしない。度重なる就活の面接で、さんざんやってきたことだ。チョロい。

「海崎新太です。今年から編入して参りました。なので、部活も入っておりません」

海崎が編入生と分かると、教室内は若干ざわついた。編入生を迎え入れるようなテンションなのだろう。しかし、ここは慌てず、きっちりと挨拶を仕上げる海崎。

「分からないことが多く不安ではございますが、よろしくお願い致します」

海崎の固い挨拶は、特に笑いを起こすこともなく、結果、中途半端な拍手をもらうだけで終わった。次は海崎の右隣に座る女子の番だ。

「狩生《かりう》玲奈《れな》です。2年1組でした――」

そこまで言いかけると、かすれた声を調整するように狩生はゴホ、と咳をした。

「……すみません、ちょっと風邪気味で。バレー部です。よろしくお願いします」

この狩生が朝礼での咳連鎖の発信源となった人物だ。海崎は、とりあえず自分の席の周りの人だけでもちゃんと覚えようと「カリウは、咳の人」と記憶した。

狩生の後、海崎の前に座る男子生徒が立つ。クラスの中で際立って目立つタイプの彼の佇《たたず》まいはまるで雑誌か何かから抜け出したモデルのようだ。周りの生徒から「イケメン」とはやし立てられ「うるせーよ」と困ったような照れ笑いを浮かべる彼のことを、実際に意識している女子は多そうだ。

「大神《おおが》和臣《かずおみ》。2年1組でした。帰宅部です。よろしくお願いしまーす」

男。それも、モテるタイプには全く興味を抱けない海崎だが、席が前後ということもあり、彼のことは「オーガ、チャライ。チャラ、オーガ」と記憶した。

「小野屋《おのや》杏《あん》です。あたしも、今年からの編入生です」

その言葉に海崎は、列を1つ挟んで右前方に立つその女子生徒の顔を見た。天パだろうか。緩やかなウエーブがかかった髪を2つに分けて三つ編みにした小柄な女子が立っている。小野屋は、小顔を際立たせる黒縁眼鏡を指でクイ、と上げ恥ずかしそうに挨拶をする。

「今朝、早速ちょっと道に迷って、遅刻しちゃいました。どうぞよろしくお願いします」

天然キャラの小野屋。海崎がそう記憶しようとした瞬間、小野屋は海崎のほうをチラッと見て微笑んだ。

「編入生同士、よろしくね。海崎君」

「あ……はい、こちらこそ」

突然、名指しされ、しどろもどろでそう答える海崎。スカートが皺《しわ》にならないように、手で押さえゆっくりと椅子に座る小野屋。そのお尻の丸みについ目がいってしまう海崎。「編入生仲間のオノヤ」「編入生仲間のオノヤ」そう頭の中で繰り返すたびに、現役JKとあわよくば、の妄想が、どんどん色濃くなっていった。普段ならそんな不謹慎な妄想、「いや、犯罪犯罪」と蓋《ふた》をするところだが、素晴らしいことに、今、自分は高校生。それは違法ではなく合法なのだ。俄然、高校生活が楽しみになってくる。

チャイムが鳴る。教壇に立つ天津が「遊びの時間は終わりだ」とばかりに、出席簿を教卓の上に置く。

「さて。今から10分休みだけど、すぐにテストが始まるからね。余裕を持って席についておくこと」

〝……は？〟

黒板には、いつの間にか、国語、数学、英語のテストの時間割が書き込まれている。

絶句する海崎は、離れた席に座る夜明を睨《にら》みつけた。

〝聞いてねえぞ！〟

海崎の視線に気づいた夜明は、「ん？」と微笑む。


約10年ぶりに高校に来てみて、当時はちゃんとやれていたのにすっかり忘れていたことが多々あった。例えば、上履きは自分で持参すること、当番制で日直という役割を与えられること、黒板消しには、専用のクリーナーが準備されていること、授業の始まりと終わりには「起立、礼」の号令と共に、教師に挨拶を行うこと――。

いきなりテストを受けるというミッションを前にして、海崎は焦っていた。経験上、だいたい6月頃に1度目のテスト、そして、夏休み前に2度目のテスト、というルーティーンだったはずだ。始業式の当日に、早速テストを行うというのは、あまりにも想定外だ。

「はい、みんな、机の上の物は全部しまって。筆記用具だけにしてね」

と、天津が教室中を回り、生徒一人一人の様子をチェックし始める。冷静に考えてみれば、この教室にいる生徒たちは全員、高校3年生は初めてだ。それに引き換え、自分は1回高3を経て、その後、3度も大学受験を経験している。

〝思ったより、できちゃったりするかもなあ、俺〟

そうポジティブな感じで、机の中に手を入れる海崎。――空だ。当然、ここは学校。会社とは違い、必要な備品を用意してくれている訳ではない。海崎は、自分のリュックを開け、片手で中身をまさぐった。――筆箱。シャーペンや消しゴム、物差しなど、勉強に必要な道具を収納する入れ物。海崎は、今朝の自分の行動を振り返る。準備に時間がかかり、とにかく必要最低限の荷物をリュックに詰め込み、家を出た。当然、その中に筆箱などあるはずがなかった。忘れていたのではない。筆箱なんて物を全く認識していなかったのだ。

〝俺、何しに学校に来てるんだよ〟

カバンの中に筆箱、という学生ならあたりまえの習慣を、大人はいつ失くしてしまうのだろうか。海崎は、誰かに頭を下げて筆記用具を借りるか、それとも、あの年下っぽい担任の天津に正直に打ち明けるか、悩んだ。いずれにせよ、目立ってしまうことは必至だ。

「海崎君？　何してるの。早くカバンをしまいなさい」

リュックを抱きしめたまま、落ち着かない様子の海崎のことを天津が不審な目で見つめている。天津は、何かに気づいた様子で少しキツ目な様子でこう言った。

「海崎君。ちょっと、カバン見せて」

「へ？　ええ、どうぞ」

カンニングでも疑われたのだろうか。天津は、リュックを受け取ると、海崎の所持品を確認し始めた。そして、その中にあった物を手に取ると大きくため息をついて、海崎に突き付けた。

「海崎君……」

「はい」

「これ、何」

天津が震える手で握りしめているのは、開封したばかりのタバコの箱だ。

「タバコ、ですけど」

「ですけど⁉」

激高して天津が声を上げると同時に、教室内がザワついた。

〝は？　何だよ。何をそんなにザワついてるんだよ。タバコぐらいで〟

〝タバコ、ぐらい、で……？〟

ふと冷静にあたりを見回す海崎。同級生たちの表情は人それぞれだ。軽蔑《けいべつ》の表情を浮かべる顔。心配そうにしている顔。対岸の火事で状況を面白がっている顔、顔、顔

――。そうだ、ここは高校の教室で、自分は、高校生だ。何、筆箱を忘れて、こっちのほうを持ってきてるんだよ！　あああ、このターン、もういっぺん、やり直したい！

海崎は、迂闊《うかつ》な発言をなかったことにすべく、どわあああ！と叫んで立ち上がった。

「あの、違うんです、これは……そう、いつものクセで、つい！」

「いつものクセ⁉」

「あっ……」

まるで砂漠の砂の上に立たされている心境。あがけばあがくほど、足元は不安定になり、ずぶずぶと地の底に引き込まれていく。思わず、助けを求めようと夜明を見る。夜明は下を俯《うつむ》いて海崎のほうを見ようとしない。いきなりの失態に腹を立てているのだろうか。――いや、夜明の肩は小刻みに震えている。

〝あいつ、笑ってやがる！〟

そんなに人の窮地《きゅうち》が楽しいか……。海崎が、1人笑いをこらえる夜明の背中を見据《みす》えていると、その近くの席に座る日代と目があった。日代は冷たく海崎を一瞥《いちべつ》してあとは目をそむけた。学校にタバコを持ち込むなど、ああいう真面目なタイプが最も忌《い》むべき行為なのだろう。

なすすべもない海崎。すると、意外なところから助けの手が差し伸べられた。前の席に座るチャラオーガこと、大神だ。

「センセー、テストの時間押しちゃいますよ」

その声に、天津も気を取り直した様子で「そうね、ありがとう」とようやく笑顔を見せる。

「海崎君」

「はい」

天津は、鍛《きた》えて筋張《すじば》った片腕で、海崎のタバコをぐしゃりと握りつぶし、こう言った。

「放課後、職員室ね」

「……はい」

そろそろと椅子に座る海崎。しかし、教室中の意識が全て自分に向けられている感覚に包まれる。

〝最悪だ、初日から……〟

若い女の先生だと、天津のことをなめてかかっていた自分を海崎は反省していた。ルールに沿わない生徒がいれば、徹底的に問い詰め、糾弾《きゅうだん》して晒す。そこに甘さはない。間違いなく、彼女は教育のプロだ。やりおる。海崎は、天津を要注意人物としてマークした。

「もしもーし」

海崎の目の前で、白い紙がひらひらと揺れる。前の席の大神だ。

「大丈夫？　タバコ見つかったのは、そりゃショックだろうけどさ。とりあえず、これ後ろに回してくれないかな」

「あ、ああ」

海崎は、大神から紙を受け取ると、それをそのまま後ろの席の人に「はい」と回してしまう。当然ながら、用紙は1枚余り、最後列の生徒が、それを天津に渡そうとする。

「待って、待って。その1枚ここのだから！」

大神は、最後列の生徒に余った用紙を持ってきてくれるよう指示した。

「あのさ、今のテストの問題用紙だから。自分の分を取って『後ろに回して』って意味ね。何、そのままスルーしてんのさ」

「あ。そうか」

海崎は、わざわざ最後列から自分の席まで問題用紙を持ってきてくれた生徒に「ごめん」と頭を下げる。そして、心配そうに自分の様子を見つめる大神にも礼を言った。

「チャラオーガ君も、ありがとね」

「――ちょっと、待って。何そのあだ名」

チャイムが鳴り、天津が「始め」とテストの開始を告げる。リライフ初日は、さんざんな結果だ。せめて、テストだけでも、と言いたいところだが、一連のタバコ事件により、海崎の〝筆箱忘れた問題〟は全く解決されずにいた。あの騒ぎの後、天津に「筆箱忘れました」など、死んでも言えない。海崎は、一か八か爪で答えを書いてみようと試みるが、ビリッと無駄に解答用紙を傷つけただけだ。万事休す。とりあえず、このテストは白紙のまま提出するしかない。海崎が、真っ白な解答用紙を見つめたまま何もせずにいると、隣からスッと手が差し伸べられた。その手には、シャーペンと消しゴムが握られている。咳の人、カリウだ。

海崎が驚いて狩生を見つめていると、狩生はかすかな声で、こう囁いた。

「はーやーく」

「え」

「取りなさいよ。先生に見つかったら、私も怒られるでしょうが」

狩生は、海崎が筆記用具を持っていないことを雰囲気から察してくれたのだ。海崎は、顔が熱くなるのを感じた。情けない。10も年下の女の子に、気を遣ってもらうなんて……。

「――ありがとう」

海崎は、狩生の手からシャーペンと消しゴムを受け取った。大神といい、狩生といい、今日は周りの人の世話になりっぱなしだ。――そういえば、誰かに「ありがとう」と言ったのは、いつぶりだろう。大人になると、だいたいのことはお金で解決できるようになる。働いてくれてありがとう。サービスを提供してくれてありがとう。その感謝の気持ちが、全てお金で表現されるのだ。ようやくテスト問題に取りかかれるようになった海崎は問題を解きながら、いつの間にか忘れていた〝ありがとう〟という言葉について考えていた。

青葉高等学校が他の高校と大きく違う点は、学期始めにテストを実施し、各クラス成績1位だった男女がクラス委員長に選ばれ、通常の生徒が身に付けるタイピンとは別に〝シルバーピン〟なる物が付与されることだ。そのシルバーピンを身に付けた生徒は、学食を無料で使用できるようになり、他に、交通費支給や学費免除など様々な優遇を受けることができるのだ。海崎が、そのシステムのことを知ったのは、1限目の国語のテストが終わった後のこと。何も知らない海崎に、大神が説明してくれたのだ。しかし、そんな説明など、海崎には全く無意味だった。国語のテストの出来は最悪。漢文の助動詞活用など、忘却の彼方だ。〝シルバーピン〟など、全く手が届かないだろう。

テストとテストの合間の休憩時間。隣の席の狩生は、朝よりも、咳の回数が増えていた。

「あの、狩生さん」

「はい」

「さっきは、ありがとう。どうなるかと思った」

狩生は、苦しそうに「別に」と答えた。

「よかったら、そのまま1日どうぞ」

「ありがとう、助かる」

「いえ」

狩生は、ヒュ、と大きく息を吸うと肩を震わせゴホッゴホッと更に強く咳込んだ。目も潤《うる》み、辛そうだ。

「……風邪、平気？」

「だい、じょぶ」

「今日は休んだほうがよかったんじゃ」

「バカ言わないで。初日から休む、とか。浮くじゃん。——それに学期始めのこのテストだけは、絶対に休めない」

狩生が、真剣にそう語る横で、大神がチャチャを入れる。

「負けず嫌いだからねえ、狩生は」

「大神！」

「狩生は、2年生のとき、3学期とも委員長だったんだよ。つまり、クラスの女子1位をずっとキープ」

「え、すご！」

狩生は、余計なことを言うな、といった様子で大神を睨む。熱のせいなのか何なのか、その頬《ほお》は少し赤らんでいる。

「でも、今年は学年トップの彼女と一緒になってしまった」

大神は、ちらっと離れた席に座る1人の生徒を見た。その視線を追う海崎。その生徒とは日代だ。

「女子1位の座、危うし！　そりゃ、休んでもいられないし、燃えますよってワケ」

「なるほど……」

「勝手にペラペラと……！」

自分の気持ちを勝手に代弁されイラつく狩生。

「他人事みたいに言ってる、そこのチャラいの。あんたこそ、1年のときからずっと委員長をキープしてるバケモノじゃないの」

え⁉と目の前の大神を見る海崎。

「ウソだろ⁉」

大神は、ピースをひらひらさせながら「本当だよ」と答えた。海崎は、ああ、こういうタイプもよくいたな、と思う。海崎は、高校生は2度目だというのに、初っ端からコケ続け、どうにも格好良くまとまらない。なのに、一方の大神は、初めての高校生だというのに、どうしたら自分を格好良く見せられるかを知り尽くしている様子で、女にもモテまくり（まだ推測だが）、おまけに勉強もできるという。この感じでいくと、間違いなくスポーツも万能だろう。海崎は、こういう輩《やから》を〝もうすぐ神〟と呼ぶようにしている。恐らく、こうやって何やっても上手《うま》くいく奴等《やつら》は、何度も生まれ変わり、人間を体験しているのだろう。だから、人としてのスキルが元々高いのだ。人間として修業を終え、もうじき、神の領域にいくに違いない。しかし、まさか、このチャラオーガがその領域の人間だとは俄《にわ》かに信じがたい。思わず、「ダウト」と叫んでしまう海崎。大神は、小さくうん、と頷く。

「海崎君、俺に対する偏見、ひどいよね」

「いや、だって」

「編入初日から、タバコ騒ぎ起こした不良に言われたくないな。テスト中だって、何か1人でゴソゴソして、ビリッて解答用紙破《やぶ》いてたでしょ。何してたの」

「それは」

隣でペットボトルの水を飲んでいた狩生も、話に加わってくる。

「そうよ、タバコ。アレでだいぶ、気が散ったわ。試験中も隣で落ち着きがないし、視界をチョロチョロ、チョロチョロ――」

「いや、だから、タバコは誤解で、試験中に落ち着きがなかったのは」

予鈴《よれい》のチャイムが鳴る。間もなく休憩時間が終了だ。狩生は海崎の弁解を遮り「うそ」と叫ぶ。

「無駄話してたら、予鈴鳴っちゃったじゃない！　トイレ行きたかったのに」

「あらら。漏《も》らさないようにね」

「大神ァ！」

小気味の良いテンポで会話を交わす大神と狩生。まるで、長年連れ添った夫婦漫才《めおとまんざい》のようだ。

「そもそも、海崎がシャーペン忘れたせいよ。次のテスト勉強もしたかったのに。本当に邪魔で仕方がない」

「は、俺⁉　つーか、呼び捨て⁉」

「じゃあ、〝海崎きゅん☆〟は？」

「やめろ、大神ァ！」

思わず、素で突っ込んでしまった。すっかり、大神と狩生のペースだ。大人、大人、俺は大人だ。海崎は、そう自分に言い聞かせ、理論的に2人と話をしようとする。

「――いやいやいや、人のせいにしないでいただけますかね。確かに、シャーペンのお礼の件で、話しかけはしましたけど。勝手に話し出したのは、アンタらのほうで」

「はーい、静かに。テスト配るよー」

いいところで話の腰を折られる海崎。その声と同時に、大神と狩生は冷静な顔になり、何事もなかったかのように前を向く。

「おい、コラ！　聞けよ！」

しかし、2人は海崎を完全に無視する。

〝どうなってんだ、今時の高校生は！　自己中か！　ゆとりか！〟

ふうう、と大きく息を吐き、クールダウンしようとする海崎。ふと見ると、前に座る大神の肩が小刻みに震えている。

「⁉」

海崎は、右隣の狩生も見る。狩生も、表情を海崎に悟られないよう反対側を向きながら、クスクスと笑いをこらえていた。微笑ましくて笑ってくれているのではない、明らかにアホの子を見つけたときの笑い方だ。思わず、突っ込まずにはいられない。

「何笑ってんだ、お前ら！」

「海崎君、静かにしなさいッ！」

天津に怒鳴られるのは、今日これで2度目。しかし、1度目とは違い、まるで、さざ波が広がっていくように、海崎を中心にして、教室内には笑いが沸き起こった。笑っていないのは、秀才の日代くらいだ。他のみんなはクスクス笑いながら、海崎のことをちらちら見ている。どうやら、完全にクラス内で〝何かやらかしてくれる面白い人〟として認識されてしまったらしい。27歳の男が、高校生の中に混ざり、いじられキャラになり下がってしまうとは。

海崎は、他の生徒に混ざって自分のことを笑っている夜明に気づいた。

「よーあーけー君」

全テストが終了した後、海崎は、夜明に接触した。まるで初めて話しかけられたかのように、きょとんとした顔をする夜明。仕方なく、その芝居に付き合う海崎。

「突然、ごめんね。昼、1人？　俺、昼飯持ってきてなくてさ。ここって学食とかあるのかな」

ジロッと夜明を睨む海崎。

「——よかったら、案内してくれないかな」

学食のメニューはなかなかの充実ぶりだ。麺類は、ラーメンと、そば、うどんから選ぶことができ、また、それ以外に、カレーやパスタといった洋食、日替わりでおかずが変わる定食も選ぶことができた。また、学食の一角には、簡単なサラダバーが設置されている。昼休みは、学食を利用してもよし、教室や、屋上などで自宅から持参した弁当を食べてもよしと、個々の自由に過ごすことができた。

初日、海崎は夜明に勧められてとんこつラーメンを選んだ。カフェテリア風の学食内の隅で、夜明と向かい合って座る海崎。

「やーっと、ゆっくり話せる状況が作れたな。これだけ周りが騒がしければ、秘密話も大丈夫だろ」

箸《はし》を持ったまま「いただきます」と手を合わせる海崎。

「さあ、説明してもらいましょうか。夜明君」

すでにラーメンをすすっている夜明は、上目遣いに海崎を見る。

「何を？」

「何をって。とぼけんなよ、もろもろだよ！　なんでいるんだよ、当たり前のように！」

まあまあ、と手をかざす夜明。

「海崎さん、お静かに。そのボリュームじゃ、丸聞こえです。冷めちゃいますよ。このラーメン、なかなかなんですよ」

カッカしながら、海崎もラーメンを食べ始める。

「あんた、どっちが本当なんだ？　――高校生か、大人か」

不意を突いた質問に、夜明は瞬《まばた》きを数回繰り返した。

「さあ、どっちでしょう？」

「年齢聞いたら『いくつに見える？』って聞き返してくる女並にウゼぇ！」

「大人ですよ」

夜明はクスクスと笑いながら、そう答えた。

「言ったでしょう？　海崎さんの1年を記録して報告するのが、僕の仕事だと。そのために、担当者は同じく薬を飲んで同行する決まりなんです」

「ふうん。――で、なんでそれ、黙ってたんだよ」

夜明は、これまでで一番のパアアとした輝く笑顔を見せる。

「それはもう、海崎さんの驚く顔が楽しみで楽しみで」

「このドSッ！　……じゃあ、自己紹介のときの『去年も3組でした』ってのは？　大人のアンタが本当なんだろ？　それが何で去年もここにいたんだよ。オカシイだろ」

「ああ、それで僕のこと、本当は高校生じゃないかって？　なかなかの洞察力、推察力じゃないですか」

「そりゃ、どうも」

「まあ、正確には僕、1年生からずっとここに通ってますけどね」

「は⁉」

「研修です。僕たちリライフ研究所サポート課の職員は、担当を持つ前に自らが薬の効果を体感し、実際に高校に通う研修期間があるんです。大人が2人、イキナリ高校生に戻ったってお互い戸惑っちゃうでしょう？　僕たち、サポート役が、しっかりしないと」

「なるほど」

「海崎さんと契約したあの週末だけ、元の姿に戻ったんです。子供の姿のままじゃ、取り合ってもらえないと思ったんで」

「そうだったのか。結構大変なんだな。研修を2年も、なんて」

「ええ、まあ。……仕事ですからね」

いつものらりくらりと海崎の質問をかわす夜明。しかし、このときだけはやたらと饒舌《じょうぜつ》で、説明が長かった。夜明は、このとき、海崎に対してひとつウソをついていたのだ。

その後、夜明は仕返しとばかりに、海崎に質問を返す。

「──で、どうです？　懐かしの高校生活は」

「どうもこうも、散々だよ」

「あはは、そのようで」

「つか、テスト！　言えよ！」

「いや、行動予定表渡してますって」

「ウソだ。どうせまた『慌《あわ》てる様子が見たかった』とかだろ。このドSが！」

「ウソじゃないですって。メールの添付ファイルとして、確かにお送りしましたよ」

そういえば、数日前にそんなメールを受け取っていたような気がする。しかし、添付を開くのが面倒で、そのまま放置してしまっていた。海崎は、自分の準備不足を改めて悔やむ。

「テストは、どうです？　できてますか」

それ聞くか、と海崎はゲッソリした表情になる。

「なんか見覚えあるなとか、ああ、こういうのあったなとか、懐かしい感想ばかり出てくる。答えは全く、出てこない」

「そうですか……。２浪もしてるし、院卒ですし、さぞスラスラ解けてるものと思ったのですが」

夜明は、海崎の痛いところを容赦なくついてくる。

「俺が２浪したのは、バカだからだし、院までいったのは就活から逃げただけだ」

「ハイ、存じております。冗談ですよ。絶対、出来ないだろうなあ、と思っていました」

――真性のドＳだ。海崎は、もう突っ込む気力もなかった。

「あーあ。それにしても、なんでよりによって３年生なんだよ」

「というと？」

「３年生なんて、勉強は一番ムズいし、周りはもう仲の良い奴らが出来上がっちゃってるし、そこに途中から編入とか。一番大変な学年だろ」

「……そりゃ、そうでしょう。リライフとは、ニートを更生させるプログラムとして検証されているものだと申し上げたはずです」

「いや、そうだけど」

「それが、ぬるくてどうするんです？」

海崎は、ゾクッと寒気を感じる。夜明は時々、とてつもなく冷たい表情を浮かべるのだ。それが、只者ではない感の所以《ゆえん》だ。海崎は、これ以上踏み込むと危険と感じ「それも、そっすよね」と諂《へつら》った笑みを浮かべ、話題を変えた。

「そういえば、俺以外にも編入生がいたんだけど」

「ああ。小野屋さん、でしたっけ？」

「それって、もしかしてさ、あの子も被験者だったりするのか？」

「本人に聞いてみたらいいじゃないですか」

「は？」

「リライフ、してますか!?」

「唐突に。俺は変人か」

夜明の表情は、いつの間にかいつもの柔らかいものに戻っていた。

「まあ、冗談はさておき、一応、リライフの舞台には編入が不自然にならないような潜り込みやすい学校を選んでいます。ここの学校はそのまま行ける大学が付属しているせいか、編入生が珍しくないんですよ。普通に小野屋さんもその1人でしょう」

そっか、と頷き、熱いお茶を口に含む海崎。

「ああいう子が、お好みですか」

口に入れた分のお茶が全部気管支のほうに流れ、海崎はぶほっと、咳込んだ。

「急になんだよ！」

「男子高校生らしい会話を、と思って♪」

「アホか！」

「話しかけられて、鼻の下伸ばしてたくせに？」

「見、見てんじゃねえよ、そんなとこまで！」

「わ。そこ、否定はしないんですね」

「ちがッ……」

「別にいいんですよ？　恋愛は禁止じゃありませんし。折角の学生生活、おおいに楽しんでいただいたって」

「いやいやいや、ありえねえだろ、10も下のガキ相手に。恋だの青春だの」

夜明は、海崎の顔を覗き込むように前のめりになる。

「そうですか？　10も下といっても、結構普通に話せたりしません？」

これまでのやりとりから、つい夜明の言葉を否定しようと思ったが、海崎は、脳裏に大神や狩生、そして小野屋の顔を思い浮かべている自分に気づいた。そのビジョンにスッと夜明の言葉が流れ込んでくる。

「何の成果もないダラダラとした毎日の繰り返し。あんな枯れた日々を送っていたら『ああ、高校生眩しいな』とか『あの頃に戻りたいな』なんて、思う日も多かったんじゃないですか。それがいざ叶って、眩しさに触れてみて、どうなんです？　何か心躍るものがあったりはしないんですか？」

つくづくお見通しだな、と海崎は思った。しかし、人間、正しいことを指摘されればされるほど卑屈《ひくつ》になるものだ。

「……だとしても、それって『自分の』高校時代に戻りたいって思うのが普通だろ。『あの頃に戻りたい』って。こんな大人が高校生の中に放り込まれてもな。楽しむどうこうより、困惑のほうがでけえよ。アンタの言う通り、ぬるくない、よくできたプログラムだ。――ま、そりゃＪＫに話しかけられたら興奮ぐらいするけどな！　合法ＪＫだ、合法ＪＫ！」

「合法ＪＫ？」

「でも、俺はただ生活費のアテがないこの1年を食いつなぐため、再就職先を紹介してもらいたいがためにこの話に乗っただけだ」

海崎の言葉を、静かに聞く夜明。

「そもそも、どうせ、いずれはみんなの記憶から消える存在なんだぜ、俺」

傍《はた》から見ると、自虐的《じぎゃくてき》に聞こえるかもしれない。しかし、海崎は、溜まりに溜まった澱《おり》を吐き出せた気がして、心の中が透いた気がした。

「影うすく、さらっと、1年過ぎてくれりゃ、それでいい」

夜明は優しい笑みを浮かべ「そうですか」と答えた。

「まあ、楽しむのも無難に過ごすのも人生です。海崎さんの思うがままのリライフを過ごしてくださるのが一番だと思います。実際、僕らもそのほうが助かりますしね。変に着飾らない、純粋な実験サンプルができるので――」

急に大人しくなった海崎。夜明が顔を上げると。海崎は、別の一点を見つめている。その視線の先に、食堂のオバチャンと何やら揉《も》めている日代の姿があった。必死にオバチャンを説得しているかと思ったら、急に頭を下げ始めた。

「何してるんですかね？」

日代の奇妙な行動に、食堂全体がざわつき始める。

「あの子、確か、日代さんだ。学年1位の」

「海崎さん、名前覚えるの早いですね」

「ああ、まあ。今朝、ちょっと話したりとかあって」

「ああいうのがお好みですか」

「そのイジリ、もういいから」

海崎は、食べ終わった食器を片付け始め、立ち上がる。

「海崎さん？」

「なんか揉めてるみたいだから、ちょい見てくるわ。これ、もういいよな」

海崎は、夜明の分の食器も一緒にトレイに乗せ、返却口のほうに向かった。その背中を見つめる夜明は、クスッと笑う。

〝影うすく、さらっと、ね〟


自動食洗器のベルトコンベアに食器を置いた海崎は、その足で日代に近寄り、声をかけた。

「日代、さん？」

突然、海崎に声をかけられ驚く日代。同じクラスの人だ、と認識するまで数秒かかった。

「ああ。……タバコの人」

ドシュ、と残酷な言葉が胸に突き刺さる。

「ちょ、その覚え方、ツライ」

「スミマセン。強烈な印象だったので、つい」

「どうしたの、何か困ってるように見えたけど」

日代は、ふうとため息をつくと小さく首を横に振った。

「あなたのような方に心配されるとは。ちょっとシャクです」

「はあ⁉」

可愛げがない。全く、狩生にしろ、この日代にしろ。最近のＪＫはこれが主流なのか。

「いや、問題ないんだったら、別にいいけど」

「……いつものクセで」

「ん？」

「お金を持ってこなかったんです。今回も1位を取るので食べさせてくださいと、お願いしたんですが、ダメでした」

「んんん？」

なんだろう、脈略が無さすぎて、全く意味が理解できない。頭は良いけど、ちょっとズレてる子なのだろうか。

「えっと、つまり。お金忘れちゃって、昼メシが食えないで困ってるのか」

「忘れたんじゃありません。持ってこなかったんです」

「同じだろ」

海崎は、ズボンの後ろポケットから二つ折りの革財布を取り出し、千円札を日代に手渡した。

「はい、貸すよ」

海崎が差し出した千円札を見つめたまま動かない日代。

「別に、返してくれるのいつでもいいし」

「……こんなに貰《もら》えません」

「は？」

「３００円もあれば、だいたいのメニューは食べられますし、高校生にとって千円って結構、大きいと思うんですけど。それをそんなに軽く貸せるなんて、なんていうか。大人ですね」

——しまった、と海崎は思った。またいらないところで大人感を醸《かも》し出してしまった。日代の言う通り。高校生のときは、小遣いの千円をいかにうまくやりくりするかで、かなり頭を使ったものだ。

「い、いいんだよ。今日はたまたま多めに持ってたの！」

うまく誤魔化せたかどうかも分からないまま、海崎は日代の細い手首を掴んで千円札をその掌《てのひら》に無理矢理置く。

「家に帰りつくまで、何があるか分かんねえし。とにかく、持ってろよ」

日代は、海崎が渡してくれた千円札を両手で大事そうに持って顔を上げた。

「では、スミマセン。お言葉に甘えて……ありがとうございます。明日、必ず返します」

場の空気が変わる。あ、この子、笑うとこんな顔になるんだ、と海崎は思った。日代は、ぺこっとお辞儀をすると麺類の列に並びに行った。海崎の耳に、ガヤガヤとした周りの雑音が戻ってくる。と、同時に、激しい胸の鼓動が聞こえてきた。瞬間、顔が熱くなってくる。

〝うわ、やば！　え、え、なんだよコレ？〟

今朝、小野屋に声をかけられたときとは違う。これは、アレだ。苦しくも、愛おしい、青春には不可欠なアレの感じだ。海崎は、幸せそうにラーメンを選ぶ日代の横顔を見つめる。

〝いやいや、マジ恋とか、あり得ない！　相手はＪＫだぞ⁉　あり得ない、あり得ないから！〟

海崎は、夜明の元に戻る。

「おかえりなさい」

「うん」

「無難に1年過ぎればいい、なんて言っておいて。海崎さんて本当、口と要領は悪いけど、世話好きで優しい人ですよね」

「――あ？」

「海崎さんが仕事を辞めたイキサツも、僕はちゃんと知っていますから。……大事な人のために、戦おうとしたんですよね」

ああ、いやだ。本当に、この夜明という人間は何でもお見通しだ。人が必死に隠している傷に遠慮なく指を突っ込み、かき回そうとしてくる。

「本当に、飽きない人だなあ。海崎さん。僕、海崎さんの担当で楽しいです」

「俺は、イライラして仕方ないんだが」

「――でも、なるべく僕ばかりに頼らずでお願いしますね。今日は初日ですし、応じましたけど、僕はあくまでサポート役。干渉しすぎはＮＧなんです。大人が2人でっるんでちゃ、高校生やってる意味もないんで」

「分かったよ」

「あと、学校では敬語を使いませんが、ご了承くださいね。海崎さんも、タメ口で構いませんので。……って、最初からタメ口でしたね！　あはは、なんて礼儀のない人！」

「悪かったな」

「さて、ぼちぼち、教室に戻ろうか♪　ア・ラ・タ！」

「急に名前呼び⁉」

「俺のことも、了でいいよ！」

「呼ばねえよ！」

セットアップ完了、といったところか。海崎はそう思った。学校のシステムのこと、クラスメートのこと、そして担当である夜明の立ち位置など。リライフに関する情報は一通り理解できた。あとは、この制約の中でいかにうまく立ち振る舞うことができるか。いよいよ、本稼働だ。


ドヴォルザークの交響曲第9番「新世界より」は、ドヴォルザークがアメリカ滞在中、故郷ボヘミアに向けて作られた作品だと言われている。まさか、この第2楽章が、日本の学校の下校時間を知らせるＢＧＭの定番になることなど、本人は全く想像もしなかっただろう。とにかく、何はともあれ初日終了だ。海崎は、昇降口に向かいながら、家に帰ってやりたいことを順序立てて考えていた。まずは、タバコだ。そして、冷蔵庫の中で冷えているビールを飲もう。コンビニで、サラミでも買って帰るか。

「海崎君。どこに行くの」

いつの間にか、海崎の背後に天津が立っていた。

「あ、先生」

「どこに行くの？　職員室はあっちだよ？　あ、まだ場所が分からないか。一緒に行こうか」

――忘れていた。初日はまだ続く、だ。

天津は海崎に説教をするために、きちんと話すことを準備してきたらしい。夕陽が差し込む職員室の中で、天津は切々とタバコがどれだけ身体に悪い物か、知人の体験談等も交えつつ説き続けた。実際、どれもどこかで聞いたことのある話ばかりで、真新しさは何ひとつなかったが。

「――とにかく、ダメだよ。若いうちからタバコなんて。体力落ちるし、肺もお肌もボロボロになるんだから！　将来、大人になったときに絶対後悔するんだからね！」

〝いや、もう大人なんで〟という思いを込め、海崎は「はあ」と答えた。

「『はあ』じゃないでしょ、『はあ』じゃ！」

「あ、すみません」

海崎は、天津にガミガミと怒られながら、周辺を見回した。天津の机の上には今日やったテストの解答用紙が山積みになっている。それに、今後行われる体育のカリキュラム一覧が、まだ白紙のまま置いてある。恐らくこの後残業だろう。それなのに、何も考えず教室にタバコを持ち込んだバカな生徒のために、わざわざ時間を割いてくれているのだ。見て見ぬフリさえすれば、余計な仕事をひとつ増やさずに済んだものを。

「あの……」

「何？」

「天津先生って、おいくつなんですか」

「何、急に。——今年25だけど」

やっぱり、年下だ。

「……若い……スね」

「何？　若いと思って、ナメてたらブっ飛ばすわよ」

天津は、右手の関節をコキッと鳴らす。

「や、そんなんじゃないっすよ」

「高校生から見たら、25なんてオバサンでしょうに」

「そんなこと言う奴いるんすか？　失礼だな。そういう奴こそ、殴るべきですよ」

それは、今年28になる海崎の心からの言葉だった。そうだ。高校生から見たら28なんてもう、おっさんの領域だ。それが、生活費と仕事欲しさに、高校生のフリをしている。それに引き換え、天津は、教師の仕事に意義を見出し、プライドを持って取り組んでいる、こんな面倒な時間からも逃げずに真っ向から立ち向かっているのだ。

「いや、本当にすごいなって思います」

海崎の口から、本来の自分としての本音が、つい漏れてしまう。

「そんなに若いのに、しっかりとした職に就いて。しっかり、先生やれてるじゃないですか。すごいです。本当、尊敬します」

天津は、しばらくポカンとした顔で海崎を見つめた後、眉をひそめて笑い出した。

「……ありがとう。若いってだけで、やっぱナメられちゃうことも多くてさ。そう言ってもらえるのは、正直、ちょっと嬉しいや」

ビリッと心が破れた音がした。気管が詰まり、海崎の呼吸が浅くなる。虚勢《きょせい》を張った天津の笑顔は、どこか、あの人を思い出させる。考えないように、ずっと心に封じ込めていたはずの、あの人。

〝ありがとう、海崎君〟

〝女ってだけで、やっぱりいい顔されないことも多くてさ。ありがとね、海崎君〟

あの瞬間、あの人は初めて自分に弱さを晒してくれた。痛みが心を侵食する。早くまた、胸の奥底にしまわなければ。突然消えてしまったあの人のことも、そして、あの人の弱さを知っていたくせに、何もできなかったふがいない自分のことも。

天津は、今回は厳重注意とし、プリンターで打ち出した反省文のフォーマットを差し出した。原稿用紙3枚分。それで、今回は停学を免《まぬが》れさせてくれるらしい。海崎は、用紙を受け取ると職員室を出た。

音楽室から、独特のリズムで音階を刻む、吹奏楽部の練習音が聞こえてくる。海崎は、気分を落ち着かせるように壁にもたれ、ため息をついた。情けない。27の男が、反省文だ。それも、タバコで。

海崎は、天津がくれた反省文の用紙を見つめる。どうやら学校指定のものではなく、天津が独自で作ったもののようだ。

〝実際、大変なんだろうなあ〟

25歳といえば、まだ大学でフラフラしていた頃だ。自分がその歳を越えてみてしみじみ分かる。25なんて、まだまだ若い。それでも教師として人の上に立たなきゃいけない訳で、厳しいこともウルサイことも、言わなきゃいけない立場で。実際、それで生徒からウザがられることだってあるだろう。ガキに大人の気苦労なんてなかなか伝わらない。リライフを始めた今なら、こんな風に考えることもできるようになった。

海崎が、そう物思いに耽《ふけ》っていると、職員室から「失礼しました」と女子生徒が出てくる。日代だ。日代は、海崎に気づくと「あ」と足を止める。

「……タバコの人」

日代千鶴　4月8日　午前8時00分

日代は、急勾配の長い長い石段を上っていた。学校に行くには、最寄り駅からの長い緩やかな坂道を歩くというのが主流だが、日代は、人の少ない裏道の、この石段を歩くほうが好きだった。桜並木は無いが、四季折々の野草を愉しむことが出来る。そして、何といっても上り詰めた後、振り返って見る町の景色が好きだった。いつも通り、石段の上から町の景色を眺める日代。伸ばしっぱなしだった前髪をまっすぐ切りそろえたせいか、世界が明るく見える。そして初めて髪を2つに分けて結んでみた。高校生活最後の1年は、この髪型でいこうと決めた。別に髪型を変えたからといって、人間性が変わる訳ではない。それでも、去年までの私とは違うんだ、と意気込んだ。

——友達を作る。周りの人がいとも簡単にこなすそれが、日代にはできなかった。子供の頃から転校を繰り返してきた日代は、友達なんて作っても無駄という思いに囚われ、そして、その思いは、いつしか人との距離の取り方すら忘れさせてしまった。〝ぼっち女〟それが、そのなれの果てだ。高校3年生、チャンスはあと1年。——今年こそ、変わりたい。いや、変わらなければ。日代は小さくこぶしを握り締め、前を向いて歩き始めた。

日代のクラスは3年3組。教室に入り、自分の座席を確認した日代は席に向かおうとして、足を止めた。いきなりのイレギュラーだ。自分の座席に見慣れない男子が座っている。不思議に思い、日代はもう一度廊下に出た。3年3組。合っている。廊下から、男子の様子を見つめる日代。緊張しているのか、ジッと一点を見つめたまま動かない。

「あの」

男子生徒は、突然話しかけられ、驚いた様子で日代を見る。

「そこ、私の席なんですけど」

「え」

日代に声をかけられた男子生徒はオロオロと周囲を見渡し、小声でこう聞いてきた。

「えっと、じゃあ、俺の席は――」

「黒板に名簿が。出席番号順で席決められています」

「え⁉　あ、そうなんですか⁉」

「そうです」

男子生徒は、慌ててカバンを持って立ち上がる。

「す、すみません！　知らなくて。ありがとう、ごめんね！」

毎年やっていることなのに。なんでそんな肝心なことを忘れるのか。ようやく自分の席についた日代は、この後行われるテストの予習を始めた。


今朝、自分の席と間違えた男子が編入生だと知ったのは自己紹介のときだ。

「海崎新太です。今年から編入して参りました。なので、部活もやっておりません。分からないことが多く不安ではございますが、よろしくお願い致します」

ああ、だから自分の席が分からなかったのか、と日代は思った。実は、日代も2年のときにこの学校に編入してきた。あの日のことを今でも覚えている。初めての環境。初めて会う人たち。ただでさえ、人との距離感が分からないから、落ち度がないよう綿密に準備をした記憶がある。

「海崎君。これ、何?」

事件が起きたのは、学期始めのテスト直前。担任の天津が、生徒が隠し持っていたタバコを握りしめている。例の彼が持っていたものだ。

〝不良だったんだ、あの人〟

教室のみんなは、突然の事件にどこかワクワクしているように見えるが、日代はそんな余裕もなく、ただテストのことで頭の中がいっぱいだった。早く予習してきた内容を目の前の解答用紙に書きたい。早いところ騒動の沈着を祈ったが、彼は、予想を覆す意外な行動に出た。

「タバコ、ですけど」

「ですけど⁉」

まさかの居直り。ザワつく教室内の中、さすがの日代も思わず彼を見た。編入してきたばかりだというのに怒りに震える天津を前に〝何がいけないんですか?〟といった態度を取っている。結局、彼の前に座る大神の機転で騒動は収まり、テストは無事開始されることとなったが、日代は、彼のことを意識するようになっていた。理解不能、だと。

ようやく午前中の国語と数学のテストを終えた日代は、空腹を満たすために学食に向かった。

好物のラーメンの列に並びいつものように注文しようと胸元のピンをおばさんに見せる日代。しかし、おばさんは、何?といった顔をしている。日代は、あ……。と自分の胸元を見る。セーラー服の襟部分に付けてあるのは赤いピンのみで、シルバーピンは無かった。2年生が終わった段階で一旦学校に返還したのだ。ポケットの中には定期券しかない。2年の頃から学校生活においてお金を使ってこなかった日代は、すっかり財布を持ってくることが習慣ではなくなっていた。日代は食堂のおばさんに交渉を試みる。

「あの、すみません」

「はい?」

「私、今回もクラス1位の成績を目指してるんです」

「すごいじゃないの、頑張って」

「はい、頑張ります。頑張って、またシルバーピンを手に入れます。なので、今日の分の食事代も無料にしてもらえませんか」

「ごめんね、シルバーピンが無いとダメな決まりなの」

「そこを何とか」

「ダメダメ。あなただけ、特別扱いはできないの」

「大丈夫です、信用してください。必ず、クラス1位を取りますから」

「だから、そういう問題じゃなくてね」

「お願いします、お願いします」

　どうしたらいいのだろう。過去の自分の成績表でも見せれば納得してくれるだろうか。

「日代さん？」

　突然呼びかけられ振り返ると、そばにあの彼が立っていた。教室にタバコを持ち込み、それを堂々と居直った彼。事件のエピソードが強烈で、名前が全く出てこない。

「ああ。……タバコの人」

う。と、彼の顔が引き攣る。

「ちょ、その覚え方、ツライ」

「スミマセン。強烈な印象だったので、つい」

「どうしたの、何か困ってるように見えたけど」

自分の至らなさが情けない。編入生。それも、学校にタバコを持ち込むような人に同情されるとは。

「あなたのような方に心配されるとは。ちょっとシャクです」

「はあ⁉」

彼は、若干不機嫌そうに、問題なければ別に良いけど、とその場を去ろうとする。

問題が無い訳ではない。助けてほしいのだ。

「……いつものクセで」

「ん？」

「お金を持ってこなかったんです。今回も1位を取るので食べさせてくださいと、お願いしたんですが、ダメでした」

「えっと、つまり。お金忘れちゃって、昼メシが食えないで困ってるのか」

編入してきた初日にタバコ騒ぎを起こした人物に、見下されたような気がして少しムキになる。

「忘れたんじゃありません。持ってこなかったんです」

「同じだろ」

彼はしょうがないな、といった様子で千円札を差し出してくれた。

「はい、貸すよ。別に、返してくれるのいつでもいいし」

「……こんなに貰えません」

「は？」

「300円もあれば、だいたいのメニューは食べられますし、高校生にとって千円って結構、大きいと思うんですけど。それをそんなに軽く貸せるなんて、なんていうか。大人ですね」

彼は、やりとりが面倒くさくなったのか、突然、手首を掴むと、千円札を無理矢理渡してきた。

「家に帰りつくまで、何があるか分かんねえし。とにかく、持ってろよ」

——確かに。彼の言う通りだ。

「では、スミマセン。お言葉に甘えて。……ありがとうございます。明日、必ず返します」

初めての優しさに、考えより先に言葉が出ていた。彼は、照れくさいのか赤くなって「うん」と言って、立ち去っていった。日代は、予定通り好物のラーメンを注文し、無事、昼食にありつけることになった。空いた席に座り、離れた席に座るタバコの彼のことを見た。2年のときに同じクラスだった夜明と、もう親密な様子で話し込んでいる。そういえば、テストの休憩中には周囲の人たちともすっかり打ち解け、「静かにしなさい」と先生に怒られていた。クラスの誰もが彼の一挙手一投足に注目し、また彼が何かやらかしてくれないか、と期待の視線を送っていた。

つくづく理解不能、と日代は思った。

午後の英語のテストも無事終わり、ようやく高3の初日が終わりを迎えた。日代は、自主的にリスニングで使用した備品を回収し、職員室に返却に行く。クラス委員長としての役割がすっかり身体に染みついているのだ。ナンバリングされたイヤホンを1本1本確認し、それを収納棚にしまっていく。そのついでに、数学のテストでどうしても解けなかった問題について担当教師に質問しにいった。

「とにかく、ダメだよ。若いうちからタバコなんて」

声に振り返る日代。天津先生の席の前にあの彼が立たされている。例のタバコの件だろう。しかし、日代はそこで更に不思議な光景を目にした。さっきまで怒鳴っていたはずの天津先生が心を許した様子で彼に向かって笑顔を見せている。なんなんだろう。彼はなぜ、ああも簡単に人を笑顔にすることができるのだろうか。

職員室は校舎の西側にあり、下校時刻になると眩いほどの夕陽が差し込む。職員室を出た日代は、廊下に誰かが佇んでいることに気づく。夕陽の逆光で眩しそうに目を細める。目を凝らすと、あの彼だった。

「……タバコの人」

彼は、う、と胸を押さえる。

「だから、その覚え方！」

「スミマセン、お名前が分からないもので」

「自己紹介したろ」

「あの1回ではちょっと」

「頭、いいのに？」

「それとこれとは関係ないと思います」

彼は、わざとらしくハアアとため息をついた後、改めて自己紹介をしてくれた。

「海崎です。海崎新太」

カイザキアラタ。その名前を、頭の中で数回リピートし、日代は、よしと頷く。

「覚えました。私の名前は日代――」

あれ?と思う日代。昼休み、普通にこの人に名前を呼ばれた気がする。

「そういえば、そちらはなぜ、私の名前を?」

「だから、自己紹介したろって」

「あの1回で覚えたんですか?」

「まあな」

「バカなのに?」

「おい! オカシイだろ。タバコの人とか、不良っぽいとかは百歩譲って分かるとするよ! でも、バカってのはなんだ! 何を根拠に」

「……雰囲気?」

「偏見がひどい!」

海崎は、話題を変える。

「日代さんは、何してたの。職員室で。あ。もしかして、そっちも何かやらかして呼び出されたとか?」

「それ、本気で言ってます?」

「……スミマセン、冗談です」

「テストで、1ヶ所分からないところがあったので質問してたんです」

「へえ、さすが。真面目だなあ」

「マジメでつまらない女ということでしょうか」

「え？　あ、いや別に。学年1位だって聞いたから、さすがだなって思っただけで。ごめん。気に障ったら」

「いいえ。こちらのほうこそ、スミマセン」

「あのさ」

「はい」

「なんで、俺に敬語なの？　俺のこと、不良だとか、怖い、とか思ってる？」

「……別に。クセなだけです。私は誰にでもこうなので気にしないでください」

「そうなんだ」

「――とっつきにくい、ですか？」

「え？」

なぜだろう。わずかな心の隙間から、感情のままに言葉が流れ出す。

「昔から、周りによくそう言われてきました。恥ずかしながら、この歳になって親しい友達の1人もいませんし、別に、それでも問題ないと思って生きていたんです。でも、世の中はそうはいかないことも多いらしくて。……今日のお昼がいい例だったのかもしれません。本当に助かりました。声をかけられるような友達もいないので。あとは、もう、おばちゃんに土下座するしかないのかと」

「うん……見てた……」

「変わらなきゃと思いつつ、何をどうしていいのか全く分からないんです」

日代は唇を噛んで海崎に聞きたかったことを口にする。

「あの。初対面から見た意見、参考までに教えてもらえませんか。やっぱり私、とっつきにくいんでしょうか？」

「まあ、正直、とっつきにくいかな」

言葉が日代の心に突き刺さる。油断していなかった直球ダメージだ。

「そんな、正直に言います？」

「どの口が言ってるんだよ」

確かに、散々海崎のことを「タバコ、タバコ」言い続けたのは日代のほうだ。日代がショックを受けていると、海崎はこらえきれない様子で笑い出した。

「でも、話せば面白い子なんだろうって感じもしてる。まだ初日だし、分かんねーけど。もっと、普段からニコニコしてればいいんじゃねーかな?」

「こうですか?」

日代は海崎に満面の笑みをして見せた。瞬間、海崎は禍々しいものを見たかのように目をそらす。

「――今、ヒきましたね」

「え!　いや、ごめん。ちょっと思ってたのと違った」

日代は、え?と首を傾げながら「こうですか」と別バージョンの顔もして見せる。

海崎は、ストップの手つきで、慌てて笑顔を止めさせる。

「いや、さっきと変わってない!　むしろ、悪化!　やめよう!　笑顔作戦やめよう!　友達じゃなくて、敵作るわ!」

「……変わりたいんです。こんな自分から。友達も作れず、まともに愛想笑いもできないなんて。社会に出たら困りますよね」

「焦らなくても、友達なんて、徐々に自然とできていくものじゃない?」

「そう思っていた時期が私にもありました」

日代は目を伏せて、小さくため息をついた。

「――焦りもしますよ。もう、今年が最後ですもん」

「そっか。もう3年だもんな」

口にしてみて改めて思う。そうだ。今年が最後のチャンスなんだ。

〝友達を作らなくちゃ〟

日代は目の前の海崎を見た。海崎は腕時計を見て、そろそろ帰らないと、と呟いている。そうだ、携帯。携帯の連絡先さえ分かれば――。

「あの、携帯、くれませんか」

後先考えずに、海崎にそう尋ねる日代。

「突然のカツアゲに超戸惑ってるんですが」

「違います。足りない言葉ぐらい補完してください。小学生じゃあるまいし」

「はい⁉」

仕方ない、と日代は自分の欲求を一から説明した。

「つまり、だから。携帯の番号を教えてくれませんか、と言っているんです。あなたと友達になりたいと言っているんです。〝友達ゼロのぼっち女〟が、なんとか一歩踏み出したところなんです。そのぐらい、読み取ってください。……本当にバカですね」

声が震える。なぜか、涙が出てきそうだ。感情に流されまいと、必死にこらえる日代は、両手をギュっと握りしめた。

「……そりゃ、察せずにスミマセンでした」

そう言うと、海崎は日代の元に一歩踏み出す。

「でも、そういう風にちゃんと言葉にすれば誤解なく伝わるし。拒否るヤツもいねえと思うよ」

海崎は、日代の頭に優しく片手を乗せ、そしてポンポンと優しくなでた。

「よく言えました」

日代は、海崎の手をスパンと自身の手で払いのけた。

「バカが、バカにしないでください」

「……とりあえず、そういうところから直そうか」

日代は、カバンから携帯を取り出す。

「早速ですが、連絡先を――」

そう言いかけた瞬間、海崎が慌てて携帯を持つ日代の手を掴んできた。

「何考えてるんだよ！　職員室前で。没収されるだろ⁉」

「うちの学校、授業中以外の使用は特に何も言われませんけど」

「え」

海崎は、ごめん！と手を離し、しどろもどろで弁解する。

「俺の前の学校は、携帯見つかると即没収だったから、見つかったら大変だと思って咄嗟に。あくまで携帯を隠そうと思っただけで、その、変な下心は無くて――」

タバコを見つかっても動じなかった海崎が、こんなことで慌てふためいているのが妙におかしい。

「海崎さんも、話してみると、面白い人ですね」

海崎が、あっと日代の顔を指差した。

「日代さん。今、笑えたよ」

「え、ホントですか?」

――不思議だ。今、全く笑顔など意識していなかったのに。

海崎新太　4月8日　午後9時00分

何事にも、初めてというものがある。初めての自転車、初めての映画、初めての恋、初めての失恋。全く新しい局面に立たされ、それをクリアするという体験は、歯がゆくも、自分の中にある可能性の芽に気づかせてくれる。これは大人になってからは、なかなか体験できない感覚だ。若さゆえの特権。海崎にとって、2度目の高校生活は懐かしいことばかりだが、その中で、唯一、初めてのことに挑戦することになった。反省文。海崎は、天津に渡されたフォーマットを前に、試しに文面を考えてみた。

青葉高等学校　3年3組　担任　天津心先生

この度は、教室内に煙草を持ち込むという不祥事を起こし、大変申し訳ありませんでした。このような事態を引き起こしたのは、ひとえに高校生であるという自身の自覚の無さにあるかと存じます。今後は二度とこのようなことを起こさないよう、高校生らしく日々邁進していく所存でございます。

――固い。固すぎる。最後のほうは、横綱の昇進挨拶みたいだ。

「しょうがねえだろ。反省文なんて書いたことねえし」

海崎は、ため息交じりにそう呟く。高校時代は、決して優等生ではなかったが、かといって、道を踏み外すこともない生徒だった。その自分が、なんで大人になってからこんなものを書く羽目になってしまったのか。行き詰った海崎は、タバコに火をつける。タバコを吸いながら、タバコに関する反省文を書く。まったくもって理不尽だ。

――理不尽。その言葉が社会人時代を思い出させる。あの頃は、理不尽だらけだった。

「お前らは、黙って俺のために働けばいいんだよ！」

理不尽の闇の中で窒息しそうになりながら生きていたあの頃。そうだ、世の中は理不尽なことだらけだ。その中でどう折り合いをつけて生きていくのか。それが重要なのだ。

このとき、海崎は天津に言われた言葉を思い出し、夜明に電話をかけた。まるで待ち構えていたかのように1コール目で電話がつながる。

「海崎さん。どうかしましたか？」

「あ、いや。すみません、夜分に。あの、一応確認しておこうと思って」

「はい」

「あの、俺って、タバコって吸っても大丈夫なのかな」

質問の意図が分からないのか、電話の向こうで間が空く。

「タバコを吸っても大丈夫か、という質問ですか？」

「うん」

「そりゃ、学校じゃアウトですよ」

「それぐらいは、分かってるんだよ」

「そう言いながら、迂闊に持ち込んだじゃないですか」

まだ言うか。海崎は携帯を持ったまま眉間にしわを寄せる。

「クセだよ。明日からもう持っていかねえよ。えぐるなよ」

「それが言いたくて、電話を？」

「じゃなくて。今日、先生に言われてみてちょっと気になったんだよ。若い頃からタバコ吸ってたら将来身体ボロボロになるって。今、この姿でタバコ吸い続けて元に戻ったとき、その辺どうなのかなって。いきなり肺ガンとか、勘弁なんだけど」

「ああ。健康面での心配ということですね。大丈夫ですよ。最初の夜にお伝えしましたが、あくまで見た目が高校生に戻っているだけです。中身は27歳の海崎さんそのものなので、問題ありませんよ」

「そっか」

「――ただ、その姿じゃ買うことは難しいでしょうけどね。タバコ」

「……そこ、盲点だったわ」

電話の向こうで、夜明が声を立てて笑う。

「これを機に、禁煙したらいかがですか？」

「そんな、急に」

「はは。まあ、酒タバコは、ご遠慮なく言ってください。うちの職員に用意させますんで」

「それは、どうも」

それはさておき、といった様子で夜明の声の調子が変わる。

「ところで、どうでしたか。１日目は。ちょうど今、報告書を作っていたところなんですよ。僕の所見としては、慣れない環境で初対面かつ歳の差もある高校生たちと、ずいぶん楽しそうに話せるんだな、と感心して見ていました」

「だから昼にも言っただろ。別に楽しいとかそういうんじゃねえよ。すっげー疲れたし。場の流れで話すぐらい普通だろ。成り行きだよ、成り行き」

「成り行きでも、そう自然にできない人だって多いと思います。スゴイですよ」

「なんだよ、気持ち悪ぃな」

「放課後は、日代さんと番号交換までしてましたね」

うわ、見てたのかよ、と目を閉じ、ため息をつく海崎。しかし、あのとき、そばに誰かいる気配など全くしなかった。やはり不気味だ。リライフの研究員は何か特殊な訓練でも受けているのだろうか。

「――あれも、なんていうか、成り行きで」

「やっぱり、ああいう子がお好みなんですね」

「あっちから聞いてきたんだよ！」

「まったく。手まで握っていたくせに」

　ああ、もう、こいつ殴りたい。海崎がそう思っていると夜明は静かなトーンでこう続けた。

「仲良くしてあげてくださいね」

「……え？」

「彼女とは、去年も同じクラスだったんですが、ずっと1人でいたみたいだったので」

　放課後、日代と交わしたやりとりを思い出す。俯いたまま「変わりたいんです」と言っていた日代。あのとき、海崎は日代に自己を投影していた。子供の頃に思っていた未来。当たり前のように来ると思っていた未来は、自然と……なんてやって来なかった。現実には、それらの未来は自分の努力なしには手に入らないものなのだと気づかされ、でもどうしたらいいか分からなくて、もがいて、こじらせて、深い闇の中から抜け出せずにいたのだ。その痛みを感じているのは君だけじゃないよ。そう思ったとき、自然と手が彼女の頭に触れていた。

「海崎さん？」

「あ、うん」

「放課後、お2人の姿を見て、僕はなんだかホッとしたというか、嬉しかったです」

「そっか」

「あ。日代さんの笑顔って、レアなんですよ。すごいですね。初日で見られるなんて」

「え」

心臓が一拍大きく鼓動した瞬間、胸の奥に鈍痛が響いた。なんというか、懐かしい痛みだ。海崎は、ゴン！とテーブルに頭を打ちつける。

〝ドキン、とかしてんじゃねーよ、ＪＫ相手に！〟

「海崎さん？」

「……大丈夫。聞いてる」

「よかった。では、明日からもよろしくお願いします」

夜明は、そう言うと電話を切った。海崎はテーブルの上に携帯を置く。タバコの話をするはずが、余計な話題に飛び火してしまった。疲れた。もう、反省文を書くどころではない。

そのとき、海崎の携帯がピロンとＬＩＭＥの着信を知らせる。

お世話になっております。
日代です。
本日は大変お世話になりました。

お借りした千円は
明日必ずお返し致します。
何卒、よろしくお願い致します。

ここにも１人、初めての体験に悪戦苦闘したと思われる人物がいる。日代だ。海崎の反省文と同様、何を書くべきなのか、散々迷いに迷って、結果、業務連絡のような文面になってしまったのだろう。しかし、これを良しとする日代は、やはり相当のコミュニケーション音痴だ。すると、固かっただろうかと反省したのか、日代は人気キャラ「バツネコ」のスタンプを送ってきた。お堅い日代でもやはりＪＫだ。普通の女の子らしさも、ちゃんと持ち合わせていることが分かりほっこりした。海崎は、慣れた手つきで、返事を打つ。

海崎にＬＩＭＥでメッセージを送ってから10分足らず。日代は、自宅の部屋で携帯を見つめ続けていた。海崎と別れてから、ずっと考え続けてきた文面と、入手したものの今まで全く使い道のなかったスタンプは思ったより早く既読となり、すぐに返事が届いた。

お金の件は、気にしないで。
こっちこそ、編入したばっかりで
不安だったところ携帯聞いて
もらえて嬉しかった。
ありがと。

返事がきた。それも、自分が思った以上に長い文章。今まで、ＬＩＭＥなど、ただの連絡手段で、なんでみんなあんなに一生懸命やっているんだろう、と不思議で仕方がなかったが、こうしてやってみると便利なツールであるということが理解できる。
日代が海崎の言葉に返す言葉を考えていると、あっさり２つ目のメッセージが届いた。

ところで、
この「バッツネコ」のスタンプ。
なんか、日代さんに似てない？　笑

海崎からの意外な返信に、日代は自分が送った「バッツネコ」のスタンプを見つめた。小生意気そうな黒猫が必死に「Ｓｏｒｒｙ！」と謝っているイラスト。彼の目には、自分はこんな風に映っているのか。面白い。

その後、日代からの返事が途絶える。やべ、と呟く海崎。「バッツネコ」に似てるだなんて、これはまた、バカなことを言うな、と怒られるパターンだろうか。軽い気持ちで言ったつもりだったが、相手は日代だ。冗談として捉えてくれないかもしれない。海崎の携帯がピロンと鳴る。日代からの返事には、ひと言こう書かれていた。

にゃあ。

思わず、ぶふ！と吹き出す海崎。

〝なんなん、このまさかの返し……。やっぱ、この子変だわ〟

――だめだ。カワイイ。

海崎は、脱力したようにテーブルに突っ伏した。

「日代さんの笑顔って、レアなんですよ。すごいですね。初日で見られるなんて」

この言葉のせいで、日代のことを、変に意識してしまうようになってしまった。こんな状態がもし夜明に知れたら、彼のお楽しみをまたひとつ増やしてしまうことになる。いや、もしかしたら、それが狙いで、あえてあんなことを言ってきたのかもしれない。

「……クソドSが」

顔の火照りが収まらない。海崎は携帯を置き、気分を落ち着かせようと窓を開けた。夜の風の匂いがいつの間にか変わっていた。リライフは、始まったばかりだ。

リライフ実験報告書　　担当　夜明　了　被験者　海崎新太

4月8日　行動予定資料はちゃんと渡していたはずなのだが、事前確認もせず、心構え不足が窺えた。初日から、テストに慌てた末、筆記用具も忘れる始末。

あくまで、1年の生活費と就職先紹介のためだと割り切り、無難に1年が過ぎることを本人は望んでいるようだが、初日から相当目立っていた。タバコなんて見つかり、敬遠されるのではと心配もしたが、持ち前のコミュニケーション能力の高さだろう。

初日から、周囲の学生と楽しそうな場面が多々見られた。

困った人を放っておけない面倒見の良さ、気遣い、自然と出る優しさ。

周囲が10歳年下の子供だということから生まれる心の余裕も一因かもしれないが、今日一日で、随分と対人スキルの高さを感じさせられた。

被験者No.００2　海崎新太

この先、きっと充実したリライフを送ってくれるだろう。

そんな予兆を感じさせる初日だった。

第三章　試練

高校生活2日目。あくび交じりに登校した海崎は、昇降口で自分の名前が書いてある下駄箱を開ける。すると中に、六角形状に折りたたんである小さな紙があることに気づいた。女子が手紙をやりとりするときに作るアレだ。表面には黒いボールペンで丁寧に「海崎様」と宛名が書いてある。日代に違いない。昨日の千円なら、わざわざこんなことをしなくても、直接渡してくれればよかったのに、と海崎は紙を開いた。中に入っていた物を見て数秒、固まる海崎。

「日代さん！」

海崎は教室に入るやいなや、日代に声をかけた。1限目の予習をしていた日代は、何事かと、その手を止める。

「おはようございます」

「おはよ。あの、これは一体？」

海崎は、日代に下駄箱に入っていた手紙を差し出す。綺麗に折りたたんだ手紙の中には、どこをどう折ったらこんな風になるのか、千円札の顔、野口英世がターバンを被った状態になるよう折りたたまれていた。どうも、野口です。ええ、ターバン被ってますが、何か？的な状態。そして、その横には「お世話になりました」の文字が書き添えてある。

日代は、ターバン野口を見ると、ああ、と深々と頭を下げた。

「昨日お借りした千円です。本当にありがとうございました」

「じゃなくて！　英世に何してくれちゃってんの。わざわざテープで貼り付けてあるし。なんで？　なんでこんな変化球――」

日代は、キリッとした顔で答える。

「普通に返したのでは真面目でつまらないかと思い、ネットで色々調べたら何やらおかしげな折り方が載っていて、これだと」

真剣に話す日代がおかしくて、笑いだす海崎。

「あの？　私、何か変なこと言いました？」

「勘弁してよ。俺、これ下駄箱の前で開けちゃってさ。盛大に吹き出しちゃって。もう、周りの視線が完全に怪しい人を見る目でヤバかったよ」

「なんと。それは、とんだご迷惑を。選択ミスでした。以後気を付けます」

日代は、チキチキとシャーペンの芯を出すと、ノートに何か書き込もうとする。

「いや、待って待って。何メモろうとしてるの」

「『英世は折ってはいけない』と」

笑いのループから抜け出せない海崎。朝からこんなに笑わされることなど、人生でそうそうあることじゃない。破壊力半端ねえな、この子。「英世」「折る」「ダメ」とノートに書き込む日代を笑顔で見つめる海崎。きっちりとした分け目をつけ、緑色のゴムで2つに結んだ黒髪は健康的で艶々だ。まだ会って2日目だが、海崎は日代が今までどうやって生きてきたかが少し分かった気がした。友達がいないために、流行に関する情報に疎く、全て、ネットを手掛かりにして生きてきたのだろう。

海崎がそう思った瞬間、視線を感じた。いつの間にか登校してきていた夜明が、2人のやりとりをしげしげと見つめていたのだ。うんうん、いい感じ、と最上の笑顔を投げかけてくる夜明。そのしたり顔にイラつき、海崎は「じゃあ」と日代に告げ、自分の席に戻っていく。

――別にいいんですよ？　折角の学生生活、おおいに楽しんでいただいたって。

昨夜、海崎はベッドに入って、これからの高校生活をどうするか、じっくりと考えてみた。日代のことは、変わりたいと不器用ながら健気に頑張っている高校生を応援してやりたいだけだ。――妹のような感覚で。

そこに、大神がやってきて、海崎の席の前に座る。

「おはよう、新太」

「おはよ。……って、何。もう呼び捨て？」

「うん。新太って呼びやすいし。なんなら、俺のこともカズ君☆って呼んでいいよ」

「いや、いいわ。オーガのほうが呼びやすい」

それな、と海崎を指差し、笑う大神。海崎も笑顔になるが、どこか瞳の奥は冷めていた。表面上は上手くやりつつも、誰とも深入りはしない。そうすることでもろもろの折り合いがつく。

――自分はどうせ、誰の記憶からも消えてしまう存在なのだから。

海崎新太　4月9日　午前8時40分

朝一のホームルームで、3年3組1学期の委員長が発表された。選ばれたのは大神と日代だ。2人は、黒板の前に立ち、天津からシルバーピンを授与された。クラスメートからの拍手を受け華々しいスタートを切った2人とは対極に、海崎は机の上に置かれたテスト結果を見て絶望していた。国語23点、英語11点、数学4点。全部赤点だ。リアル高校生だったときでも、ここまでひどい点は取ったことがない。今回のテストは通常よりレベルが高かったのだろうか？　いたたまれなくなり、隣の狩生に聞こえるように呟く。

「すげえな。本当に頭良かったんだ、大神」

あいつは、別格だから。気にすることないよ。といった気の利いたフォローが欲しかったが、昨日とは打って変わって狩生は寡黙だ。

「狩生さん？」

海崎は、狩生を見る。狩生は、誰の言葉も耳に入ってこない様子で、並んで前に立つ大神と日代のことを見据えていた。クラス女子1位の座を日代に奪われて、プライドが傷ついたのか、すこぶる不機嫌な顔だ。しかし、確かに勉強でクラス1位というステータスは恰好良いが、そんなに学級委員長になりたいものなのだろうか。様々な優遇が受けられるのと同時に、何かしら面倒な責任を押しつけられるのが必然だろう。

そのとき、突然日代が、海崎と狩生のほうを見て、例の邪悪な笑みを浮かべてきた。

好感度でも上げようとしているのだろうか。しかし、どう見ても「ふふふ、愚民ども。お前らなど私の敵でもなんでもないわ」といった顔だ。狩生は、明らかにその顔にカチンときている様子だ。

〝だから、その笑顔、敵作るからやめろって。コミュニケーション音痴が！〟

狩生に追い打ちをかけるように、大神も、最悪のタイミングで声をかけてくる。

「残念だったね、狩生。でも、風邪ヒドかったし。次は万全で勝負できるといいな」

狩生は、興味なさそうなフリをし、返答する。

「別に。体調管理も含めて自己責任だし。風邪を言い訳になんかしたくない。ダサい。負けは負け。私のほうが下だった」

大神は、やれやれ、とわざとらしくため息をつく。

「ストイックだなあ、かわいげない」

「どうせ、かわいげないわよ！　よかったね。委員長の相手、あたしじゃなくなって！」

「や、別に、そんなこと思ってないけど。なんでそこ、勝手な被害妄想してるの」

狩生は顔を赤らめて、うっと言葉を詰まらせる。

「……もういい。これ以上、えぐらないで。ほっといてよ」

「なんだよ、慰めたんだろ」

「そういうの、上から言われても、超微妙！」

——ああ、そうか。

このとき、海崎は気づいた。狩生はクラス1位の座が欲しかった訳でも、クラス委員長としての優遇を受けたかった訳でもない。狩生はただ、好きな人のそばにいられる特権が欲しかっただけなのだ。でも、その好きな人はその気持ちに全く気づかず、能天気に「残念だったね」などと言ってくる。そんな慰めの言葉より「今年もお前と一緒がよかったな」のひと言が欲しかったはずなのに。そりゃ、不機嫌にもなるはずだ。

〝若いなあ……〟

思春期真っ盛りの空気に触れ、遠い目をする海崎。大人の世界では、こんなやりとり絶対にありえない。長く生きると、だいたい相手の思考が読めるようになって、好きな相手とも当たり障りのない会話を交わせるようになる。自分の気持ちに気づいてくれない相手にも、本心は隠し、陰でこっそり根回しする。——やめよう。なんだか大人であることが、虚しく思えてくる。

1限目開始の予鈴が鳴る。教壇に立つ天津は、出席簿を片付けながら、生徒たちにこう告げた。

「ちなみに、いつも通り1つでも赤点ある人は再試だからね！」

この言葉に反応したのは、クラスの中でもわずか数名だ。もちろん、その中に海崎も含まれている。

「第1回は、来週月曜の放課後！　3教科とも50点以上取れるまで、ずっと毎週月曜は再試だから！　ほぼ同じ問題だし、1回で抜けられるようにきちんと勉強すること」

そう言うと、天津は教室を出て行った。

国語23点、英語11点、数学4点の海崎にとって、全教科50点以上など、果てしなく遠い道のりだ。ゴールにたどり着く気がしない。エンドレス。エンドレス再試だ。魂の抜けたような顔をしている海崎に、狩生が気づく。

「なに、海崎。赤点あったの？」

「あったもなにも、全部ですけど」

「……マジでいるんだ、そういう人」

大神も、会話に加わってくる。

「ちなみに一番悪かったのは？」

「数学」

「何点？」

「4点」

「よ……⁉」

ほんの数分前まで若い若いと思っていた連中が、まるで異星人を見るかのように自分を見てくる。

「信じらんない。恥ずかしくて死ねる」

「海に身を投じたいレベル」

さっきまで揉めていた2人が結託し、海崎に集中砲火を浴びせる。無邪気な悪意だ。

「……もうちょい言葉選べ」

「俺で良ければ、勉強教えるよ」

「え？」

大神からの提案に驚く海崎。

「余計なお世話っていうなら、アレだけど。その調子じゃ、いつ再試ループから抜け出せるか怪しくない？」

屈辱《くつじょく》と複雑。海崎は、捕らえられた手負いの野生動物のように、ううと大神を睨んだ。チャラオーガに頭を下げることなど屈辱極まりない。しかし、今はそんなことを言っている状況ではない。誰かの助けがなければ、高校生活は再試だけして終わってしまうような気がする。やむを得ない、と海崎が大神に頭を下げようとしたとき、意外な人物が会話に混ざってきた。

「あのっ！　それ、私もいいかな？」

小野屋杏だ。

「えっと、小野屋さん、だったよね。赤点、あったの？」

「うん、全部」

小野屋は、頷いて下にずれた眼鏡を人差し指で定位置に戻す。

「……全滅がここにもいたか」

「しかも」

小野屋は、へへ、と笑いながら自分の答案用紙をピラッと胸の前に掲げた。──数学2点。

下には下が、いたのだ。

昼休み。授業を終えた海崎は、離れた席に座る夜明を見る。夜明とは学校ではあまりつるまない、という約束をしたばかり。今日は1人で昼食をとるか、と考えていると、小野屋が声をかけてきた。

「海崎君。お昼一緒に食べない？」

学期始めの試験で惨敗した者同士親近感でも湧いたのだろうか。いきなり距離を縮めてきた感じだ。

「えっと……」

即答を避ける海崎。一緒に昼を食べてくれれば〝ぼっち回避〟が出来、自分としてはありがたいが、高校生の男女がいきなり2人で昼食をとるとなると「あいつら、デキてんじゃね？」とからかわれる対象になりかねない。自分はおっさんだからいいとして、小野屋の今後の高校生活に響くのではないだろうか。海崎がそう考えあぐねていると、大神が「それ、俺もいい？」と声をかけてきてくれた。

「折角だし、食べ終わったら、早速再試対策でもする？」

「わ、助かる！」

〝ナイスだ、チャラオーガ〟

本当に、この男の人間的スキルの高さには感心する。大神が再試対策という大義名分を付けてくれたおかげで、小野屋と一緒に昼食をとっても不自然ではなくなった。

これで当面、昼休みに誰と食事をとるか問題は解消されそうだ。小野屋は、待ってて、と言うと自分の席に戻り、お弁当袋を持って戻ってきた。

「あれ、小野屋さん、弁当？　ごめん。俺、何もないから学食行くんだけど」

「いいよ、学食行ってみたい！　大神君は？」

「俺も、当然、学食」

大神は、胸元に付けたシルバーピンを見せつける。

「そのシルバーアピール、やめろ」

「へへ」

「なんなの、シルバーピンって」

「このシルバーピン付けてると、学食タダなんだってさ」

「え、ウソ！　ずるい、いいなあ」

クラスで成績1位と赤点の2人が盛り上がる中、狩生が黙ったまま席を立った。

「狩生も、一緒にどう？」

「あたしは、バレー部の子と食べてるから」

冷たい口調だ。

「そっか、残念」

狩生はそっけない感じで教室を出ていく。しまった、盛り上がりすぎたと思う海崎。

気の強い狩生といえど、好きな人が、いきなり登場した知らない女の子と盛り上がっている姿を見せつけられたら不安にもなるだろう。高校生は、色々と面倒くさいのだ。

学食に移動した海崎と大神と小野屋は、さっさと食事を済ませ、再試対策を始める。

「じゃあ、答案用紙、見せて」

海崎と小野屋は、それぞれの解答用紙を大神の前に差し出した。小野屋の数学2点を筆頭に、11点、15点、となかなかのえぐい点数のラインナップだ。予想以上の数字に、大神の顔色がどんどん青白くなっていく。

「どうしたの、大神君」

「この点数、なんていうか。……吐きそう」

「失礼な！」

「あのさ、何をどうしたら、こんなことになる訳？」

「例えば？」

「三次関数、とかは知ってるよね？」

海崎と小野屋は、何のことだっけ、といった風に笑ってごまかす。

「でさ、そんな状態なのに、2人とも、現代文の範囲だけは比較的出来てるんだよね」

「そりゃ、日本人だし」

「もうやだ。理由もバカっぽい」

大神は、相当手ごわい敵を相手にしているかのように、気合を入れた。

「じゃあ、まず小野屋さんの対策だけど――」

「杏でいいよ」

「そっか。じゃあ、杏ちゃんで。俺のことはカズ君☆で」

「ううん。大神君でいい。呼びやすいし」

「あ、そうだ。今後のために、携帯聞いといていい？」

「いいよー」

2人の学生っぽいやりとりに思わず感動する海崎。昨日の日代とは大違いだ。こうしてみると、日代は本当に昨日、頑張ったんだな、と思う。

ここで小野屋が、さて本題とばかりに身を乗り出してきた。

「ねえねえ、大神君。ひとつ聞いてもいい？」

「なに？」

「狩生さんのこと。彼女すごいよね。頭いいのに、部活もしてるんだ」

「ああ。あいつは、なんか完璧主義すぎて、勉強も運動もすげえ負けず嫌いなんだよね」

「そうなんだあ」

「ごめんね。初対面なのに。愛想悪いし、我が強いし。悪気が無いことだけは、分かってやって」

小野屋は、ううんと首を横に振ると、天使のような笑顔でこう質問した。

「狩生さんは大神君の彼女さん、なのかな？」

「え……」

いきなり直球の質問をぶつけた小野屋に、おいおい、と思う海崎。しかし、ここはひとつ、真実を追及してみたいところでもある。その話題に乗っかる海崎。

「実は、俺もそうじゃないかなって思ってたんだよね」

「え、新太も？」

「どうなの、その辺」

好奇心全開で、大神に詰め寄る海崎と小野屋。

「違うよ。何、２人してそんな勘違いを」

大神の否定に、露骨に残念そうな顔をする海崎と小野屋。

「なんだよ、違うのかよ」

「絶対、そうだと思ったのに！」

「ごめん。２人のテンション、急に面倒くさい」

海崎は目の前に座る大神を見つめる。別に、何か隠している様子でも、照れて否定してる訳でもなさそうだ。だとすると、今のところは狩生の一方的な片思いか。しかし、小野屋は、まだ大神の答えに納得できていないのか、眼鏡の奥の瞳をキラキラさせながら、執拗な尋問を続ける。

「だって、２人お揃いのピアスなんてしてるしね」

「そんなとこ、よく気づいたね」

「そりゃ、目につくもん。気づくよ」

海崎は大神の耳を見た。確かに、左耳の耳たぶにパープルの石にシルバーの縁取りがされた小さなピアスが光っている。小野屋の観察眼に感心する海崎。狩生が同じものを付けているなんて、今まで全く気づいていなかった。

大神は、これには、そんなに深い意味はないよ、と1年生のときのエピソードを話して聞かせてくれた。

「うちの兄ちゃん、そういうの仕入れる仕事してて。ピアスの穴開ける新商品をどうしても試したいって、俺の左耳で試したんだよ」

「それは災難だったな」

「うん、そのとき、めっちゃ痛くて両耳に穴開ける気になれなくて、で、余ったもう片方をどうしようかと思って、狩生に聞いたんだ」

「それで？」

「同じの、1個余ってるけど、いる？って。そしたら、めっちゃ迷惑そうな顔されて。『そんな自分がイヤになったオススメできないような物、人に薦める？』って怒られてさ。で、それもそうだよなって思ってたら、狩生が『いる』って言い出して。でもさ、考えてみたら、狩生、部活やってるし、ピアスなんてヤバいじゃん。なんか、押し付けるみたいで悪いなって思ってたら『くれるの、くれないの⁉ ハッキリしなさいよ！』って、怒鳴られてさ」

うわあ、と海崎は思った。驚くほど当時の状況が、くっきりと浮かぶ。

「で、あげた訳」

「うん。なんだかんだ言って、翌日にはもう、耳に付けてきてんの。ウケるよね。まあ、そんな感じのピアスだから別に深い意味なんてないよ」

大神は、能天気に笑う。

「それに俺と狩生が付き合ってるの？なんて。多分、それ聞いたら、ブチ切れると思うよー」

それに海崎と小野屋は、深い深いため息をつく。

「え⁉　何⁉」

意味が分からないといった風の大神を見て、海崎は確信した。大神には裏表などない。ただ単に、超絶鈍感男なのだ。

「いくら勉強できても、健全な高校男子としては、どうなんですかね、コレ」

「いや、全く。イケメンの無駄遣い。イケメンテロ。罪深い」

「ちょ、なんだよ。２人、なにコソコソと話してんの」

小野屋は、ちらっ、と横目で大神を見ると嫌味たらしくこう言った。

「別に。ただ、狩生さんがカワイソウって言っただけ」

「同じく」

「なんでだよ！　むしろ、いつも理不尽にキレられてる俺のほうがかわいそくない？」

「……はあ」

「なんなんだよ！」

「大神、もっと、現代文勉強しろよ」

「本当だよ。ほら、登場人物の心情を読み取るような問題を徹底的にするといいよ」

「え？　待って。なんで、立場が逆になってんの？」

結局、3人は、この後もその話題で盛り上がり、再試対策などやるどころではなかった。数学4点の自分をバカにした大神。もし、恋愛テストがあるとしたら、お前なんか、間違いなく1点だ、と海崎は思った。

夜明　了　4月9日　午後10時55分

夜明は、冷蔵庫から取り出した炭酸水を口に含むと、テーブルの上に置かれたノートパソコンを開いた。研究所が用意したシンプルな2LDKの部屋は、何もなく殺風景だ。私物の持ち込みは、個人の自由としてくれているが、夜明は必要最小限の物しか持ち込まないようにしている。できるだけ、自分を殺し、リライフ被験者の観察に集中するためだ。さて、何から書くか。頭の中で要点をまとめ始めたとき、携帯が鳴った。海崎からだ。

「はい。夜明です」

「どうも」

「どうかされましたか？」

「あ、いや。うん……」

夜明は、耳で海崎の様子を観察する。大丈夫。心身ともに健康。どうやら2日目も問題はなかったようだ。

「あのさ、聞きたいことがあるんだけど」

「はい、なんでしょう」

「学校では、ずっと1人なのか？」

「ええ。それが何か？」

「1年のときから、あの学校通ってるって言ってたろ。なんか、社交的なのに、友達1人もいないのが意外だな、と思って」

「そりゃ、僕は仕事ですもん」

夜明は、ははは、と明るい調子でそう答える。

「誘われれば、変に断ったりはしませんけども、友達作りに学校に行ってるワケじゃありませんから。それに、被験者を観察するという目的のためにも自由に動ける1人が楽なんです」

「……なるほど。それは分かるけどさ。知り合いがぼっちでいるのを見ると、心痛むものがあるんだが」

〝気にしてくれていたのか〟と、夜明は思う。できるだけ気配を消し、人を寄せ付けない雰囲気を出すようにしていたはずだが、海崎は常に夜明のことも意識してくれていたのだ。

さすが、気配りの男。

「優しいですね」

「そういうの、いいから。でさ、これからは飯ぐらい一緒に食わない？」

「いえ。昨日もお話ししたはずです。被験者への干渉のし過ぎはNGなので、僕ばかりに頼らないようお願いします」

「頼ってはねえだろ、この場合。そりゃ1対1で、頼りきるならマズいだろうけど、見てたろ？　今日は大神と杏と一緒だった。そこに夜明さんも混ざればいいじゃないか」

杏、と聞いた瞬間、夜明はピクッと反応する。

「小野屋さんとは、もう名前で呼ぶほどの仲になったんですか」

「え、今そこ⁉」

「俺のことは、了って呼んでくれないくせに」

「いや、キモチワルイから」

「冗談です」

電話口から、海崎の長いため息が聞こえる。

「——とにかくさ、観察するんだったら、近いほうがいいんじゃない？　同じグループにいたほうが楽だと思うけど」

ふと、夜明は仮の世界を想像してみた。海崎のすぐそばにいて、大神や狩生、日代、小野屋、共に、ワイワイと日常を過ごす自分の姿。——かつて、自分が担当した被験者№００１。あのとき、少しでもそうしてあげていれば最悪の事態は避けられたかもしれない。夜明は手で額を押さえた。被験者№００１。夜明の初仕事の相手であり、そして、初の失敗サンプルだ。当時、上司から散々責められた。夜明のサポートが不十分だったからダメだったんじゃないか、と。その一方で、干渉のしすぎは実験結果に影響が出るから控えろ、という者もいた。明確な答えが分からないまま迷走した日々。同じ轍を踏むのは、もうごめんだ。

「お気遣い、ありがとうございます。近くにいたいのは山々なんですけどね。上が、うるさくて。……色々難しい、と言いますか」

歯切れ悪くそう伝えると、海崎は察してくれたように「ああ」と答えた。

「まあ、俺も、３ヶ月だけだけど会社員やってたから、ちょっとは分かるよ。なんかそういう理不尽な感じ。あるよな、やっぱ、どこでも」

しまった、と口を押さえる夜明。組織で勝手に根掘り葉掘り調べあげ、海崎の過去に何があったか、どうして会社を辞めなければならなかったのか、全てを知り尽くしているくせに。つい感情的になって、愚痴などを聞かせてしまった。上司との折り合いの悪さ、そのことが、海崎の心の傷をえぐることになるのに。

「……スミマセン。余計な話を。今のは忘れてください」

「何、深刻に謝ってんだよ、気持ち悪い」

「気持ち悪いって。言いすぎですよ」

夜明は、海崎の気をそらそうと、別の話題を振る。

「ところで、再試おめでとうございます！」

「え、ちょっと会話のテンション変わりすぎだろ」

「忘れてくださいと言ったはずです。再試楽しみですねえ。何週目でループから抜け出せるか見物です」

「ったく、合格するまで延々再試なんて、なんつー面倒くさいシステムがある学校に送り込んでくれたんだか」

「――そうですか？」

「え」

「ダメだったから、はい落第、とはせず、合格するまで何度でもやり直させてくれるなんて、随分良心的だと思いますけど。それに再試は、毎回ほぼ同じ問題。解き方が分からなければ質問すれば先生も教えてくれますよ。それぐらい高校生だって考えて動くというのに」

海崎は、昨日の放課後、職員室前でばったり会った日代のことを思い出していた。日代はテストで分からないところがあったから先生に聞きに来た、と言っていた。良い点を取る人というのはちゃんとそれに見合った努力を陰でしているのだ。

「海崎さん」

「ん？」

「やり直せるチャンスを与えてもらったら、あとはもう自分がどう動くかじゃないですか」

「……でも、だからって、今更高校の勉強することに意味なんてあるのか？　今、パラパラ教科書見てたけど、もうサッパリ忘れちまってて超難関状態なんだよ」

海崎は笑いに逃げようとするが、夜明が真面目な話に引き戻した。

「確かに、高校の勉強を今更することに意味はないかもしれません。でも、難関に挑む姿勢や頑張りには、意味があると思っています。高校で課せられる課題程度、乗り越えられない根性で社会でのしんどい仕事が務まるでしょうか」

真剣に話を聞いてくれているのか、電話の向こうが静かになった。

「海崎さん。そういうことです。僕たちだって、ニートを更生させようと、色々考えて検討した結果、高校生をやらせてみているんです。まあ、それで、実際に変われるかどうかは実験段階で、こうしてサンプル集めにご協力いただいている訳ですが。学生の仕事は勉強だ、とはよく言ったものですね。頑張ってください」

「分かったよ。まあ幸い大神が勉強教えてくれるって言うし。同じ編入生仲間の杏もいて、心強いしな。——頑張るよ」

「はい。陰ながら応援しています」

「じゃあ、また明日」

「はい、失礼します」

電話を切り、携帯をテーブルの上に置くと、夜明は崩れるように頭を抱えて落ち込んだ。しゃべりすぎだ……。

どう考えても今のはしゃべりすぎだ。難関に挑むことの意義など、本来は、被験者自身で気が付かなければならないことなのに。今の発言は、完全に被験者を誘導している。上にバレたら、アウトだ。しかし、それほどのリスクを冒してでも、夜明は海崎に1年間のリライフを完遂してほしいと思っていた。折角1年という時間を貰っているんだ。意味のある1年にしてほしい。リライフをしてよかったと、最後に思ってほしい。夜明は、部屋に置いてあるボックスケースを見た。被験者№001のファイルが置いてある。

――失敗サンプルは、もう嫌だ。

リライフ実験報告書　　担当　夜明　了　被験者　海崎新太

4月9日　昨日、受けたテストが早速返ってきた。青葉高校恒例の、クラス男女1位。クラス委員長の発表だ。
おおかたの予想通り、海崎新太、全赤点により追試決定。
「やり直せるチャンス」というものに、真剣に向き合ってくれることを願う。

第四章　事件

試験で赤点をとってから最初の月曜日、海崎は再試験に挑んだ。自習室に集められた生徒は、全学年で10人足らず。その中には小野屋の姿もある。

「新太君、こっちこっち」

小野屋に促され、隣の席に座る海崎。呑気な様子なのは小野屋1人で、他の生徒はピリついた様子で予習に余念がない。その瞬間、海崎はなぜか、ふと1年前の自分のことを思い出した。ちょうど去年の今頃、海崎は研修を受けていた。入社した会社の新人研修。こんなことが何の役に立つのか、といった疑問は、社会人なんだからという大義名分で打ち消し、早く一人前になりたい、と思っていた。上へ、上へ。まさか、その自分が1年後、高校に通うことになるとは。試験で全科目赤点をとり、再試験を受ける羽目になっているとは。——まあ、これが想像できたら、逆に、怖い。何はともあれ、大神の協力もあって、今回はかなり手ごたえがあった。……はずだった。

「なんで、再試のほうが悪くなってるんだよ！」

再試の結果を見て、大神は崩れ落ちる。海崎も小野屋も、全科目点数を下げて戻ってきたのだ。

「実に、面目ない」

「新太はともかく、杏ちゃんは1教科ぐらい合格するかな、と思ってたんだけど」

「なんで俺はともかく、なんだよ」

「最初の答案を見たとき思ったんだ。杏ちゃんはさ、点数悪くても答案用紙がほぼ埋まってるんだよね。まあ、どうやってこんな答えが出るかは謎だけど、答えようって意思がある分、新太よりはできるかなって」

あはは、と底抜けに笑う小野屋。

「ただの勘だよ」

「ま。そんな簡単に点数が上がるなら、苦労しねえよな」

「だよねえ」

「勉強しようってのに、いつもくだらない話ばっかしてるからだろ！」

温度差がありすぎる、３人の会話を聞いていた狩生が見かねて声をかけてきた。

「苦労してるね、大神」

「狩生、助けてよ。もう、やだよコイツら。すぐ話が脱線するんだ」

「脱線？」

「うん、この前なんか、俺と狩生が付き合……」

うわあああああ！と叫びながら、大神を教室の片隅に引っ張っていく海崎と小野屋。

「お前、何、言おうとしてるんだよ」

「え？　いや、この前、俺と狩生が付き合っているって思われたって話を」

「なんで、本人がいるところで、それ言おうとしてんの⁉　バカなの⁉」

「2人が狩生に怒られればいいと思って」

「それ言った場合、多分、キレられるの大神だけどな」

「え、なんで？」

ダメだ、こいつ……。狩生に心から同情する海崎と小野屋。超絶鈍い男に恋をしてしまったばっかりに狩生の苦労は計り知れないものだろう。気を取り直して席に戻った海崎と小野屋は、狩生にねぎらいの言葉をかけた。

「大変だね、玲奈ちゃん」

「狩生、苦労するなあ」

「え、何？　何の話？」

事態が把握できない狩生は、海崎と小野屋を交互に見つめ、きょとんとしている。

「おい、俺が苦労してるって話はどこにいったんだよ」

え、だから何の話よと狩生が聞こうとすると、大神の背後から日代が声をかけた。

「大神さん、先生が委員長２人、職員室に来るように言ってました」

会話の空気が変わる。狩生は、明らかに日代を意識して会話の輪から外れた。日代は、机の上に置かれた海崎の答案用紙の点数を見ると、海崎にしみじみと語りかける。

「やっぱり、真実、バカだったんじゃないですか。しかも、想像以上です」

「いや！　これは違う。本当はもうちょっとできるんだけど」

聞き捨てならない、と大神が会話に割り込んでくる。

「じゃあ、やってよ」

「うるせえな！　まだ、その、本調子が出ねえんだよ！」

「調子の問題ですか、これ」

「ね。吐き気するっしょ」

「大神、いいから、もう黙れ」

「もういいよ。先生んとこ行くから。行こう。日代さん」

日代と連れ立って、職員室に向かう大神は、そうだ、と日代に声をかける。

「てかさ『大神さん』って固い。カズ君でいいよ」

そう言われた日代が、静かに囁く。

「――カズ君」

まさかの「カズ君」呼びに、周囲が一瞬、黙り込む。人間関係に免疫のない日代のことだ。「お手」と言われて前足を差し出す犬のように、指示されたままに動いただけだろうが、海崎は狩生のことを気にした。海崎は顔を動かさないまま、視界で狩生の様子を窺う。普通なら「キモ!」ぐらいの突っ込みをいれるところだが、狩生は異常なほど静かだ。その静かさから戸惑いと嫉妬、そして不安が伝わってくる。日代がいる場所は、去年まで狩生の立ち位置だ。

〝たまらないだろうな……〟

海崎が、狩生の心情を察していると、ふいに大神の隣に立つ日代が振り返った。そして、なぜかこのタイミングで例の邪悪な笑顔をしてみせたのだ。その笑顔にアフレコするとしたら、10人が10人〝彼は、私の物よ、フフフ。この負け犬さん〟としただろう。

海崎は、狩生の顔を見た。宣戦布告された、と、勝手に思い込みふつふつと怒りをたぎらせている。慌ててフォローする海崎。

「狩生。違うんだよ。日代さんのアレは、愛想笑いのつもりなんだ。他意はないから」

狩生は、は⁉と海崎を睨みつける。

「あんな下手くそな、愛想笑いある⁉　どう見たって、人を馬鹿にしてる顔じゃん！」

「いや、ごもっとも。気持ちは分かるけど、マジなんだよ」

狩生は、聞く耳持たない様子で、そっぽを向く。自分の襟元にあったシルバーピンが、今は日代の襟元で光っている。ついこの間まで、ここにあったのに……。狩生は、襟元に手を触れ、唇をかみしめた。

教室の隅で、一連のやりとりを観察していた夜明は、冷静な目で小野屋を見つめた。そこに、小野屋の声が聞こえてくる。

「ねえねえ、新太君って、日代さんと仲いいの？」

リライフ実験報告書　　担当　夜明　了　被験者　海崎新太

4月16日　1回目の再試が返ってきた。再試は、初回より問題数が少なく、1問あたりの配点が上がる。そのせいか、前よりも点数は下がっていた。リライフと同じで、急には変われるとは思っていないので予測の範囲内。経過を見守りたいと思う。

学校というのは、勉強を学ぶだけの場所ではない。健全な肉体づくりも、大事な教育の一環だ。学力テストの次は、3組と4組合同の新体力テスト。海崎は、学校指定の体操服に袖を通す。通気性のよさそうな白地のTシャツは、右袖部分に3年生を示す赤いポイントが縫い付けてあるだけのいたってシンプルな物だ。それに膝丈まであるジャージ素材のグレーの半パン。これはサイド部分に白と赤のシンプルな装飾が施されている。冬場は、これと同様のジャージの上着が加わるのだ。

「運動とか、いつぶりだろう」

クラスメートと共にグラウンドに集合させられた海崎は、手渡された用紙に書いてある新体力テストのプログラムを見つめ不安になっていた。無職だった時期、当然、ジムに通う金も時間もなく、身体を動かしたことといえば、就活の面接先に向かうため、駅まで歩いたことぐらいだろうか。

「はい、みんな注目！」

生徒たちの前に立つ天津は、専門教科である体育のテスト、ということもあって、いつにも増して大きな声を張り上げている。それは天津の隣に立つ、４組の担任で男性体育教師、宇佐《うさ》も同様のようだ。

「男子はハンドボール投げからやるぞ！」

「女子は50メートル走からやるよ！」

自分の言葉にかぶせて大きな声を出してきた天津を窘《たしな》める宇佐。

「天津先生、ちょっと離れてくれませんかね。声かぶっちゃって、指示通らないじゃないですか」

自分に意見した宇佐にイラつく天津は、嫌みっぽく返す。

「宇佐先生、声バカでかいから大丈夫ですよ。ご不満なら、そっちが移動してくださいよ。ボール投げ、あっちですし」

「ボール投げじゃありません、ハンドボール投げです」

「細か！　あー、やだやだ」

大学の先輩後輩関係でもある２人の喧嘩は、どうやらこの学校の風物詩のひとつらしい。

その後、男女に分かれて新体力テストが行われる。宇佐が、五十音順で生徒の名前を呼ぶ。トップバッターは、３組の朝地信長《あさじのぶなが》という生徒だ。名前を呼ばれて立ち上がった生徒を見て、海崎は驚く。性格はおとなしそうだが、身長１８０㎝はゆうに超えているガタイのいい男子だ。

「朝地、記録狙っていけ」

宇佐にそう声をかけられ、「あ、はい」と小さく答えると、朝地はハンドボールを手に取り、定位置につく。宇佐がピッとホイッスルを吹くと朝地はグッと腕に力をこめ、ボールを投げた。ボールは緩やかな放物線を描いて飛んでいく。その飛距離に驚きと感嘆の声が響く中、ボールは地面に落ちた。先生のサポートをする生徒が、メジャーを持って走っていく。

「朝地、45メートル」

おおお、と盛り上がるクラスメートたち。

〝嘘だろ……⁉〟

海崎は、手元の新体力テストのガイドラインを見る。ハンドボール投げ男子平均は28メートルだ。

〝おとなしそうな顔をして。いきなり、ハードルあげすぎだろ、朝地君……〟

「次、犬飼暁《いぬかいあきら》」

「はい」

朝地に比べるとずいぶん小柄だが、長く伸びた前髪の合間から見えるつりあがった切れ長の瞳のせいか、朝地の記録など、全く気にしていないといった貫禄からか、高校生とは思えない大物感を醸し出している。犬飼は、ボールを手に持つと、宇佐がホイッスルを吹く前に、ボールを投げた。朝地のときとは違い、ボールはレーザービームのごとくサポート役の男子に直撃する。慌てて、クラスメートの1人が注意する。

「おい、ダメだろ、犬飼！　人に当てたら！」

「あいつ、よそ見してたから。ちゃんと見てないと危ないぞ、と教えてやっただけだ」

「身体に刻みすぎだろ。口で教えてやれよ」

結局、犬飼の記録も29メートル。また平均越えだ。

「次、大神」

「はい」

大神が立ち上がる。3年3組の生徒たちが「大神！」と声援を送る。だんだんと、場がスポーツ大会と化してきた。

大神はやれやれ、と立ち上がり、相変わらずの様子でボールを持つ。余裕の風格だ。

宇佐がホイッスルを吹く。グッと腕に力をこめ、ボールを投げる大神。しかし、ボールはすぐそばでポトン、と落ちた。ハンドボール投げ、ではなく、ハンドボール落とし、だ。

「大神、2メートル」

失笑。海崎も、思わず、笑いをこらえた。まさか、ここで大神の弱点を見つけることになろうとは。

「大神は、相変わらずだな。勉強ばっかりしてないで、たまには運動もしろよ」

「ひどいな、先生まで！　しょうがないじゃん。生まれ持った運動センスがさあ」

ムキになって、宇佐に反論する大神。どうやら、本当に運動がコンプレックスのようだ。ここはそっとしといて……おける訳がない。海崎は、ここぞとばかりに大神をいじる。

「んん？　大神君は、運動のほうがちょーっと苦手なのかな？」

大神は、真っ赤になり、取り乱す。

「う、うるさいな！　自分はどうなんだよ、早く投げろよ！」

次、海崎が名前を呼ばれて、前に立つ。高校生になって早10日、これまで散々いじり倒されてきた大神に、ようやく勝てる気がする。海崎はボールを手に取った。ど田舎を駆け回って培った基礎体力は、いまだ衰えていないはずだ。田舎者をなめんな。

宇佐がホイッスルを鳴らす。海崎は、渾身の力を込めてボールを持った手を高く掲げた。

〝大丈夫、勝てる。ただ、ひとつ心配なのは、こんなに力いっぱいボールを投げることなんて、久しぶりだという――〟

その瞬間、海崎の肩の奥に激痛が走った。神経からくる痛みだろうか、その痛みはあっという間に全身を駆け抜け、海崎はボールを高く掲げた姿勢のまま動けなくなる。

足元に落下するボール。気が遠くなるような痛みの中、海崎の耳に声が届く。

「海崎、1メートル」

心配そうに駆けつけてくる宇佐。

「どうした、海崎？」

「だ、大丈夫です」

言えない。肩が回らない、なんて。

〝なんだこれ、俺、いつのまにこんな肩がガチガチに――!?〟

海崎は、離れた場所に立つ夜明を見る。ほら、言った通りでしょ？という顔でニコニコしている。夜明の言っていた言葉をリアルに実感した海崎。変わったのはあくまで見た目だけで、中身は27歳のおっさん、なのだ。海崎は、つい、周りに合わせて準備体操、ストレッチを怠ったことを心の底から反省した。高校生と同じだと思っては、いけなかったのだ。

〝急に動いたら危ないんだな……〟

海崎が、少しでも痛みが引くようにと腕を回してストレッチをしているとさっきの朝地が声をかけてきた。大きな身体で見下ろすように海崎の顔色を窺う朝地。

「大丈夫？　俺、保健委員だから、保健室案内しようか？」

大きな身体に反して、優しい。まるで、雪山で遭難者を救助する大きな犬みたいだ。

「ほっといてやれよ、ノブ」

横から割り込んできたのは、犬飼だ。

「唾でも、つけとけば治るだろ」

「それは、こういうケガに言う言葉じゃないよ、アキ」

ノブ、アキ、と呼び合う2人は、どうやら親しい間柄のようだ。

「大丈夫、お構いなく」

「そう？　困ったら言ってね」

海崎は、朝地に礼を言うと、自分が元いた場所に戻っていく。情けない。何が田舎者をなめんな、だ。自身の体力をなめていたのは、自分じゃないか。海崎は大神と目が合う。すでに顔が半笑いだ。

「んんん？　新太きゅんは、おバカなのに、運動もダメなのかな？」

うっせえな。こっちは27歳のおっさんなんだよ！　それが、言えたらどんなにいいか。――確かに、あなたの言う通りですよ。夜明さん。リライフはぬるくない。思った以上に、過酷だ。


次の測定の合間、暇になった海崎と大神は女子の様子を見学にいった。女子も男子と全く同じウェアで、50メートル走を行っている。海崎は、その中に日代の姿を探した。日代は、先生に頼まれたのか、ストップウォッチを片手に計測係をしている。制服姿以外の日代を見るのは初めてで、なんというか、新鮮だ。

次はちょうど、小野屋と狩生の組が走るところだ。天津がホイッスルを鳴らすと、スタート直後から、ぐんぐん他の生徒を引き離す狩生。あっという間に1秒以上の差をつけて、ゴールした。

「狩生、速えな」

「速いよ。狩生は、運動神経すごくいいんだ」

「……それ以上言うと、泣くよ？」

「大神と違って？」

次のグループがスタートラインに立つ。男子に朝地のような生徒がいるように、女子にも、非常に発育の良い子がいる。他の生徒より、ワンサイズ大きいTシャツを着ているだろうが、それでも胸元のボリュームは隠しきれていない。

「あの子は、玉来《たまらい》ほのかさん。見てて」

「え？」

大神がそう言ったと同時に、天津がホイッスルを吹いた。その瞬間、玉来は、弾丸ダッシュを切る。狩生とは比にならないダントツの速さ。

「はや……ッ！」

タイムを計測した日代が、その秒数を発表する。

「6秒78」

すごーい、と女子の黄色い歓声が沸く。人を見た目で判断してはいけないとは思うが、玉来のような体形の子は、走り出したらすぐに転んで、いたーい、となるのが定説だと思っていた。唖然とする海崎の隣で、大神が解説を始める。

「すごいでしょ、玉来さん、めちゃくちゃ運動神経いいんだ。ぼーっとして見えるのにね」

「いやいや、見た目詐欺なら、大神。お前も相当だぞ」

「バレー部で、狩生と仲がいいんだ。彼女がキャプテンで、狩生が副キャプテン」

「へえ……それは、また、辛いな」

辛い。自然と、その言葉が口から零れ落ちていた。海崎は、人の輪から外れて１人立っている狩生を見る。人一倍負けず嫌いの狩生。勉強では日代に負け、運動では玉来に負けている。一体、彼女の中にはどれほどの悔しさが渦巻いているのだろう。おまけに、その狩生が心を寄せている男は、なぞなぞを出されたような顔で「辛い？誰が？」と、海崎に聞いてくる。全くもって狩生の痛みを理解してくれていない様子だ。

「大神……お前、本当にダメだな」

「え、だから、何が？」

自分に思いを寄せてくれている女の子が落ち込んでいる。こういうときは、優しい言葉のひとつもかけてあげるべきではないか。恐らく、大神は、そういうことを思いつく回路が抜け落ちているのだ。一体、どこから教えてやればいいのか。そうこうしているうちに、玉来が狩生に声をかけに行ってしまった。

「れーなっ♪　どうだった？」

玉来は、背中から狩生にしがみつき、その手に持った50メートル走の結果を見る。

「あ。やっぱ、すごい速いー」

「ほのかに比べたら、遅いけどね」

「そんな。別に人と比べなくたっていいじゃん。玲奈が速いことには変わりはないよ？」

狩生は、ムッとして顔をそむける。

「……あたしは、こういう勝負事は一番になりたい質なの！」

「そっかあ、なんかごめんね」

「謝んないでよ。余計ムカつく」

「ムカつくとか、面と向かって言うなあ！」

うわあん、と玉来は、余計に狩生にべたべたしてくる。

「おい、乳。乳があたる！」

迷惑そうな顔をする狩生。しかし、心の底から嫌がっている様子ではなさそうだ。

2人の様子を意外そうに見つめる海崎。

「狩生と、玉来さん、別に仲が悪い訳じゃなさそうだな」

「え？　うん、なんで？　狩生、昼はバレー部の子と食べてるって言ってたじゃん。

あれ、多分、玉来さんのことだと思うよ？」

海崎は、そうか、と少し安堵する。この分だと、勉強に負けた日代のことも、悔しいと思うだけで、嫌ってはいないのかもしれない。まあ、実際、ライバル同士が仲が悪いって訳じゃないし。海崎は、狩生にじゃれつく玉来を見て、しみじみ思う。

——それにしても、おなご同士がきゃっきゃしている姿はええなあ。目の保養じゃのう。

不思議だ。さっきまで過酷だと思っていたリライフ生活が、これで帳消しになった。いや、リアルＪＫの体操服姿、見放題というだけで、むしろプラスかもしれない。海崎の視線は、いつのまにか、柔らかそうな、玉来の胸元にロックオンされる。仕方がない。男の目というのは、そういう風にできているのだ。

「……おい」

突然の殺気に我に返る海崎。何者かが海崎の首に腕を回し、きつく締めあげてきた。犬飼だ。

「お前、今、タマのこと、エロい目で見てたろ」

「は⁉　てか、は、苦し……」

意識が落ちる。このままでは、死んでしまう。

「アキ、やめろって！」

慌てて、止めに入った朝地は、犬飼の首根っこをつかんで、必死に海崎に謝ってくる。

「ごめんね。こいつ、タマちゃんのことになると、すぐ熱くなっちゃうところがあって。ホント、ごめん」

そう言うと、朝地は、犬飼の首根っこをつかんだまま、ずるずると引きずって立ち去っていく。

「――なんなんだよ、一体。俺は、何にキレられた訳？」

海崎は、咳込みながら、大神に尋ねる。

「あの２人、玉来さんと、幼稚園の頃からの幼馴染なんだって」

ああ、だからか、と海崎は納得する。

「――で、玉来さんと犬飼君が付き合っているとか。そういうこと？」

「さあ？」

――お前に聞いた俺がバカだったよ。

その後、女子と入れ替えで、男子の50メートル走が行われる。移動に紛れて、海崎はさりげなく夜明に近寄った。あまり親しく見られないように、目を合わさずに会話をする。

「夜明さん」

「はい？」

「記録、見せて」

「いいですけど」

海崎は、夜明が差し出した体力テストの結果を見る。全ての項目が、見事に高校生男子の平均値になっている。

「なにこの、狙ったような平均値。つーか、よく、平均までもってけるな」

「僕、ここ2年は高校生やってたんで、運動不足じゃないですもん」

「運動不足って。はっきり言うな」

「ま、そのなまった身体の改善もリライフの一環って訳です。海崎さん、元々は運動神経いいようですし、きっと1年もせずマシになりますよ」

「そうかな」

「でも、自分の身体が若くないってことは、自覚しておいたほうがいいですよ。ケガしますから」

「ちゃんと、その辺は自覚してるよ。若返ってるのは、外側だけだって」

夜明は、海崎の本心を見透かすように、チラッと横目で海崎を見る。

「周りの若さにつられて、張り切っちゃう気持ちも分かりますけどね。でも、もうおっさんなんですから」

「うるせえ、27歳はまだおっさんじゃない」

自分をおっさんと自虐するのはアリでも、人から言われるとシャクにさわる。27歳というのは、とても難しいお年頃だ。

夜明は、ついでに、と話を続ける。

「さっき、女の子たちをいやらしい目で見てたでしょう。犬飼君に絞められてましたね」

「いや、あれは」

「恋愛は止めませんが、犯罪はカンベンしてくださいね。こないだ、合法ＪＫとか言ってましたけど」

「ねえよ！　余計な心配すんな」

「いや、さっきのアレは、れっきとした犯罪顔でしたよ」

「よく、見てるな、おい！」

海崎は、夜明から離れ、1人、念入りにストレッチを始める。といっても、ストレッチ自体が久しぶりで、かなり適当だが。さっきのハンドボール投げで学んだ。事前に身体を動かしておかないと、危険だ。下手したら、アキレス腱が切れるかもしれない。……いや、冗談ではなく、ガチで。

名前を呼ばれ、同じグループの生徒たちと、スタートラインに立つ海崎。

「よーい」

宇佐が、力強くホイッスルを鳴らす。走り出す海崎。自分の足が地面を蹴り上げる音と、呼吸音しか聞こえない。遥か遠くに見えるゴールライン。視界に他の誰も入ってこない。ということは、今、俺が一番先頭か。地面を蹴り上げる足に力が入る。これで、汚名返上できるかもしれない。

〝なんだ、俺、意外と走れる人だったんだ〟

そう思った次の瞬間、走りのリズムがおかしくなる。もっと早く走りたい、という気持ちに、身体がついてこれなくなったのだ。あれだ。子供の運動会に張り切って出場したお父さん状態だ。

「あっ……」

バランスを崩す海崎。必死に両手でもがき、平常を保とうとするが、すでに手遅れだった。地面に転倒し、勢いはそのまま、ゴロゴロと転がっていく。

「海崎！」

宇佐が大きい声で叫んだおかげで、グラウンド中の生徒の視線が海崎に注がれることになった。もはや、もうどこが痛い、とかではない。いい大人が派手に転んだ、というダメージのほうが強い。救助犬のごとく、朝地が走ってくる。

「大丈夫？　海崎君！」

頼む、せめてこの場では格好つけさせてくれ、と海崎は余裕の笑顔でほほ笑む。

「はは、大丈夫大丈夫」

海崎の右頬から、ポタッと地面に水滴が落ちる。汗ではなく血液だ。

「……大丈夫じゃないと思うよ」

海崎の膝にできたグロい傷が、衝撃の強さを物語っている。朝地は、ほら、と海崎の前に座り込んだ。

「はい？」

「保健室まで、運んであげるよ、乗って」

「いやいやいやいやいや、本当に大丈夫だから」

あくまで、朝地の救援を固辞する海崎。すると、朝地は不意に立ち上がり、海崎の背中に片腕を、そして、もう片方の腕は膝の裏に差し込み、海崎の身体を持ち上げた。

「ひっ……」

衝撃に思わず、変な声が出てしまう。朝地はこれが自分の使命、とばかりに宇佐と天津のほうを見た。

「先生、このまま、保健室に連れていってきます！」

「お、おお。頼む」

「お願い」

……なんだろう。宇佐と天津の声が笑いをこらえて震えているように聞こえる。

「あの、朝地君、降ろしてくれないかな」

「大丈夫、俺、力はあるから！」

キリッ！とそう答える朝地。

「いっそ、放り投げてくれ……」

見なくても、周りのみんながどんな顔をしているか容易に想像がつく。キャッキャと盛り上がる小野屋と、呆れ顔の狩生。冷たい視線を送ってくる日代。大神は、大笑いし、おそらく夜明は、人知れず笑いをこらえていることだろう。そりゃ、そうだ。10歳も年下の野郎に、お姫様だっこされるなんて。

〝カンベンしてくれ――ッ！〟

リライフ実験報告書　担当　夜明　了　被験者　海崎新太
4月19日　今日は体力テストが行われた。
見た目若返っているだけで中身は27歳のままだと以前にも伝えたのだが、頭では分かっていても難しいのか結構な傷を負ってしまった。（写真添付はあまりのグロ画像につき控える）
クラスの子たちから「タバコの海崎」と認識されていたのが「ヘタレの海崎」に改名されたとの噂が聞こえた。10も年下の子供たち相手から非常に不憫《ふびん》で本人も不本意だろうが、クラスへの溶け込みは、上々。

※　※　※

海崎がリライフを開始してから、早1ヶ月が経過しようとしていた。夜明は自室で、これまでまとめてきた、海崎の資料を読み返してみる。例のお姫様だっこ事件以降も、海崎は、だいたい2日に一度は何かやらかし、笑わせてくれる。また、海崎を中心にした人間関係図も順調に広がりを見せ、かつ、いい感じに固まりつつあった。たった1ヶ月でこれだけのコミュニティを作り上げるとは。
一通り資料を読み終えた夜明は、部屋の片隅に置いてあるファイルを見る。「被験者No.001」と背表紙にタイトルが書かれてある。夜明は、それを手に取り、パラパラと目を通す。被験者No.001の最初の1ヶ月。

4月25日　今日も特に何も変わったことはなかった。まだ周囲にもなじめていない様子。急に高校生になった戸惑いも大きいだろう。焦らず、経過を見守りたい。

4月26日　今日も特筆すべきことは起こらなかった。

4月27日　今日も特になし。

こうしてみると、海崎とは両極端だ。タバコの持ち込みに、赤点、再試、ケガ。見ていて飽きないほど失態も多々あるが、今のところ、リライフ生活は順調といえるだろう。ニート時代に比べて、笑顔が増えてきたのも良い兆候だ。しかし、ひとつだけ懸念がある。海崎のすぐそばに、不安材料を抱える人物が1人いる。夜明は、その人物の写真を見て呟いた。

「さて。どうしますか？　海崎さん」

夜明が見つめる写真。――それは、狩生だ。


体力テストの大惨事から数日。右頬の傷はほぼ、かさぶたになり絆創膏《ばんそうこう》で隠せるようになったが、一番ダメージを受けた右ひざのケガはひどく、まだとても人様に見せられる状態ではない。それでも、骨に異状がなかっただけでもラッキーだと思わなければ。とにかく、リライフ生活も1ヶ月を経過。脱落することもなく、海崎はまだ高校生を続けている。

その日、海崎は珍しく通学途中に、日代を見かけた。

「日代さん」

いつの間にか葉桜になっていた桜並木の下、日代が振り返る。日代は、緑色のトートバッグを肩にかけ、ぺこりと頭を下げた。

「おはようございます。海崎さん」

「おはよ。日代さん、歩きなんだ」

「はい」

「俺も」

校門を抜け、適度な距離を保ちながら並んで歩く2人。

「日代さんて、いつも1人？　誰かと一緒に登校とかしないの？」

日代は、愚問、といった様子で答える。

「いけませんか。異常ですか」

「誰もそんなこと言ってないだろ。むしろ、俺も1人だし」

「海崎さんは、まだ編入したばかりですし」

日代が、海崎の顔を見る。絆創膏が気になる様子だ。

「まだ、治らないんですか」

「え。ああ、これ？　まあね」

「もう、あれから随分経つのに、治りが遅いですね。高校生の治癒力って、そんなもんなんですかね」

ぎくり、とする海崎。確かに。高校生だったら、もう少し回復が早いかもしれない。年齢の影響が、まさかこんなところにも出てくるとは。海崎は、日代に怪しまれないように、慌てて言い訳をする。

「あのときは、派手にコケたからね。膝なんて、まだぐっちょぐちょで」

「ぐっちょぐちょ、とかやめてもらえますか。グロいんで」

「ま、そんなだから、そんなにすぐは治らないんじゃないかな？」

「分からないです。走ってコケたなんて、小学生以来記憶にないので」

「……普通、そうだよね」

ちらっと隣を歩く日代を見る海崎。日代の顔が笑顔になっている。

「あ、また笑ってる」

「……そうですか？　すみません、まだ笑顔の自己コントロールがうまくできなくて」

「いや、だから。自己コントロールとか、やめて」

２人が昇降口にやってくると、狩生がいた。

「おはよう、狩生」

「おはよ……」

海崎と日代のツーショットが珍しいのか、狩生は戸惑ったような顔をしている。

「おはようございます。狩生さん」

日代は、必死の笑顔を狩生に向ける。しかし、狩生はそれを無視して立ち去ってしまう。テストで負けたことが、根深いようだ。

昼休み。海崎は、大神と小野屋と共に学食で食事をとっていた。今日は火曜日。週に一度の定例会だ。

「じゃあ、再試の結果。見せてくれる」

海崎と小野屋は、恐る恐る答案用紙を大神の前に差し出した。3度目の再試。最高点は、小野屋の国語で38点。2人はいまだ、再試のループから抜け出せずにいた。大神は、大きくため息をつく。

「……いつまで、続くんですか。これ」

「面目ない」

小野屋が、ポジティブな声を出す。

「いや、でもまだ3回目だし」

「だな！」

「最初の本番入れたら、4回目だよ？　逆に聞きたいけど、よく1ヶ月もテスト受けられるよね。そろそろ、解放されたいな、とか思わない訳？」

海崎と小野屋は、顔を見合わせ、示し合わせたように答える。

「思います」

「切に」

大神は、２人の答案用紙を交互に見つめ、呟く。

「こりゃ、ゴールデンウィークに勉強会だな」

「え」

「『え』じゃないよ。誰のためにやってると思ってんの！　もうやだ。俺、教える自信なくなってきた」

頭を痛める大神は、食堂の片隅で１人食事をする日代に気づく。

「……日代さんて、お昼１人なのかな」

海崎も日代のことを見る。大勢の生徒が談笑する中、１人、黙々とラーメンをすすっている。始業式直後、自分のことを〝友達ゼロのぼっち女〟と言っていたのは、あながち大げさな話ではなかったようだ。

「そうだ。日代さんを、ここに誘おう。一緒にゴハン食べよって」

大神が、いいことを考え付いた風に提案する。

「でさ、日代さんにも勉強教えるの手伝ってもらおう！　お前ら、なんて贅沢なんだよ。シルバーピンが２人がかりとか！」

さーせん、と頭を下げる海崎と小野屋。大神はテンション高く話を続ける。

「杏ちゃんだって、もう1人女子いたほうがいいでしょ」

ふわっとした笑みを浮かべる小野屋。

「あたしは、別にどっちでもいいよ。あ、でも、折角、逆ハーレム楽しんでたのにな」

「はは、なんだよ、それ」

海崎もつられて笑うが、内心、小野屋に謝った。

〝すまん、杏。その1人は、中身がおっさんだ〟

善は急げ、と大神が日代に声をかけようと立ち上がる。そのとき、海崎は、離れた場所で大神を見つめる狩生の視線に気づいた。〝やばい〟と思う海崎。ここで、大神が不用意に日代に声をかけ、一緒に食事をするようになったら、狩生はますます機嫌を悪くするかもしれない。

「大神、待った！」

突然の大声に、驚く大神と小野屋。海崎は、ちょいちょいと手招きして、大神を呼び戻した。

「なんだよ。あ、新太が声かけにいく？　ちょっと仲いいよね、日代さんと」

「や、そうじゃなくて。やっぱ、誘うのやめとこっか」

「え？　なんで？　ちょうどいいじゃん。あっちは1人だし、こっちは人手が欲しいし」

「いやあ……」

歯切れの悪い海崎の様子に、小野屋も日代のほうを見る。1人ラーメンをする日代の、更に先に、こちら側に視線を向ける狩生の視線があった。

小野屋は〝なるほどね〟と、海崎の言わんとすることを理解してくれた様子だ。しかし、問題は大神のほうだ。「日代さんをここに誘うと、狩生が嫉妬すると思って」なんて絶対に言えない。いや、言ったところで、恋愛音痴の大神は、100%理解することができないだろう。下手したら、狩生本人に「俺と日代さんが一緒にいると、狩生が嫉妬するって、海崎が」などと言い出しかねない。この状況をどう説明すればいいのか、海崎が考えを巡らせていると、大神が、はは－ん、と良からぬ想像をし始めた。

「分かった。新太。それ、嫉妬だろ」

「は⁉」

「日代さんを自分以外の男子に近づけたくないんでしょ」

「はああ⁉」

「大丈夫だよ。俺のことは心配しなくたって」

そう来たか。真の恋愛音痴。それも、恋愛方向音痴だ。

「ちげえよ、バカ。つーか、俺に恋愛話振ろうなんざ、10年早えわ。大神のくせに」

面倒くさくなった海崎は、一番手っ取り早い方法を提案する。

「要するに、俺と杏がさっさと再試合格すればいいんだろ。日代さんを巻き込む件は、いったん保留」

大神はまるで、詐欺師を見るような目で海崎を見つめる。今の言葉を全く信用していないのは明白だ。しかし、新太がここまで言うのなら、と、黙って元の椅子に座った。

「分かったよ、そこまで言うなら。現状のままで」

「おう。再試頑張るから。なあ、杏」

「あ、うん」

半ば、海崎に巻き込まれる形で、一緒に頑張らざるを得なくなった小野屋も、ほほ笑んで頷いてくれる。かなり無理やりだったが、とりあえず、最悪の事態が防げたことに安堵する。

気の回しすぎだったかもしれない。でも、狩生の日代に対するオーラには、なんというか闇のようなものを感じるのだ。変に泥沼化してほしくない。どこか不器用なところがある日代と狩生は、うまくいけば、良い友達になれるような気がするのだ。しかし折角、昼飯仲間ができるところだった日代には悪いことをしてしまった。そこまで考えて、海崎はふと我に返る。

〝つーか、俺、何こんなに真剣に色々考えてるんだ？　ガキどもの問題なのに〟

予鈴が鳴った。教室に戻ろうと顔を上げると、小野屋と目が合った。小野屋は、海崎が色々考えていることを見透かしているかのように優しいまなざしでほほ笑んでくれた。

その日の帰宅後、海崎は日代にＬＩＭＥを送ってみた。

日代さんて、お昼を一緒に
食べるような友達っていないの？

送信した直後に、メッセージは既読になり、ほどなくして日代から返事がきた。

いません

海崎が、やっぱり、と思っていると、少し間が空いてから、立て続けにメッセージが届いた。

というか、今朝から何なんです？
最初にぼっちだってお話
しましたよね

バカにしてるんですか？

日代を怒らせてしまったと思った海崎は、慌てて「バツネコ」のスタンプを返した。最初に日代が送ってきてくれた「Ｓｏｒｒｙ！」のスタンプ。海崎は、それが妙に気に入り、速攻入手していたのだった。少し間が空き、日代も「バツネコ」スタンプを返してきた。ハートが飛び交う「ＬＯＶＥ」のスタンプだ。なぜ、このタイミングでそのスタンプをチョイスしたのか。海崎が、日代の情緒を心配していると、新しいメッセージが届く。

でも、大丈夫です。
そろそろ、友達ができそうな感じに
なってますので。

狩生さんと、
最近、いい感じなんです。

は⁉と驚いて携帯を見つめる海崎。自分の知らない間に、日代と狩生はいい感じに友情を育んでいたのだろうか？　いや、と海崎はその考えを否定する。狩生の日代に対する態度からは、殺気すら感じることがある。恐らく――いや、間違いなく、これは、日代の勘違いだろう。海崎は、タバコに火をつける。そして、螺旋を描く紫煙を見つめながら、考え込んだ。日代は、どれだけ周りが見えていないんだろう。名前の憶えも悪いし、もしかしたら、周囲に対する関心がなさすぎなのか？

「ありえないだろ。普通、こんな思い込み……」

そう、ひとりごちる海崎。誰か、日代が周囲に溶け込むための、ガイド役がいれば――。

そう考えた海崎は1人、適任者を思いつく。もう一人の、お昼ぼっちな人物。夜明だ。

海崎は、夜明に電話をかけ、日代と一緒に昼ごはんを食べてくれないか、と頼んでみた。

「え、僕が日代さんとお昼を？」

「うん、頼めないかな」

「それは、できませんよ」

相変わらず、柔らかい口調できっぱり言う。

「なんでだよ。どうせ、夜明さんもぼっちじゃん。ぼっち同士、仲良くすればいいだろ」

「気遣ってくれてるわりに、言葉が刺さりますね」

電話の向こうで、夜明が小さくため息をつく音が聞こえる。

「言ったじゃないですか。僕は、仕事上、ぼっちを選んでいる、と。日代さんと一緒にいながら、海崎さんをストーキングする訳にはいかないでしょう？　変人だと思われちゃうじゃないですか」

「いや、十分、変人だろ。去年も確か、日代さんと同じクラスだったんだろ？　今、席だって隣なんだし。一緒に食べりゃいいじゃん」

夜明は、黙り込む。考えながら、爪で机か何かを叩いているのだろうか。前もあったが、こういうとき、電話の向こうからはトントンという定期的なリズムが聞こえてくるのだ。その音が鳴りやみ、ようやく夜明がしゃべった。

「……できません」

「なんでだよ。冷てえな。ドS」

「そこまで言うなら、海崎さんが誘ってあげればいいじゃないですか」

「それが、ちょっとできないから、頼んでるんだろ」

「どうしたんです？　随分、入れ込むじゃないですか」

電話の向こうで、夜明がほほ笑んでいる気がする。

「無難にサラッと、1年過ぎれば良かったんじゃないんでしたっけ？」

「それは――」

今度は、海崎が黙り込んだ。夜明は朗々と語り続ける。

「いいと思いますよ、そういうところ。本当によく周りを見ているし、気づけるだけでなく、人のために行動できる。海崎さんの長所だな、と思います。――でも、どうなんでしょうね。石をどかしたキレイな道を歩かせてあげることだけが、果たして本人のためになるのかどうか。転んでも許してもらえるうちに、その痛みや起き上がり方を学んでおくのも、大切かな、って思いますがね」

夜明は、一体、これまでどんな生き方をしてきたのだろう、と海崎は思った。どう生きてれば、こんなにも物事の本質を掴むことができるのだろうか、と。今回も、海崎の負けだ。

「そうですか？」

「夜明さんて、たまに深いこと言い出すからムカつく」

「要するに、俺がこうして変に気を回すのは本人たちのためにならない。オススメしないってことだろ？」

「いいえ？　スミマセン。つい思ったことを言ってしまっただけで。海崎さんは、海崎さんの思うままのリライフを過ごしていただければ、結構ですよ」

「分かった。とりあえず、今回のこの話はもういい。忘れて」

海崎は、夜明に礼を言って、電話を切り、そしてベッドの上に横たわった。いつの間にか、日が長くなり、もうすぐ午後6時だというのに、外はまだ明るい。海崎の心の中に、夜明の言葉がゆっくりと浸透してくる。

〝どうしたんです？　随分、入れ込むじゃないですか〟

否定できなかった。いつの間にか、生活の中心が、頭の中が、あいつらのことでいっぱいになっていた。「しょうがねえだろ」と海崎はクシャ、と髪をつかんで呟く。

一度、生きてきたから分かる。もったいないだろ。折角の高校生活。どうせなら、楽しく過ごしてほしいって思うじゃん。説教臭いオヤジみてえな、考え方かもしれないけど。当たり前のように友達に会える毎日なんて、大人になったらなくなってしまうのに。

その言葉は、自分のどこから生まれ、そして誰に向けた言葉なのか、海崎自身もよく分からなかった。ただ、ひとつ分かったことは、無難にサラッと生きようと乾いて固まっていた心が、揺らぎ始めている、ということだ。

海崎新太　5月1日　午後7時30分

その日、海崎は放課後も自習室に残り、再試に向けた勉強を続けていた。今日は大神は委員会があるため不在。小野屋は、さっさと帰ってしまったが、大神の前で、頑張ると言ってしまった手前、海崎は、手を抜けなくなってしまったのだ。珍しく集中し、大神に言われた試験範囲を全てクリアした海崎。気づくと、窓の外は暗くなり、部活の連中も帰った様子だ。「やべ」と、慌てて荷物をまとめて立ち上がる。

夜の学校というのは、なんでこう不気味なのだろう。また、こういうときに限って、昔聞いた怖い話を思い出してしまう。確か、上半身しかない女の子が追いかけてくる話だ。——やめようと、首を横に振り、急いで自習室のカギを返しに職員室に向かう海崎。そのとき、パタパタと誰かが走ってくる音がする。

〝嘘だろ⁉〟

幽霊が出たか、と身構える海崎。足音がした階段の上を見ると、狩生が立っていた。安堵して、声をかける海崎。

「狩生、今、帰り？」

「海崎……」

狩生の、か細い声が廊下に響く。

「なんで……なんで、こんな時間に？　もう、とっくに下校時刻なのに」

「ああ。大神に言われて居残り勉だよ」

海崎は、階段を一歩一歩あがって狩生に近づいていく。

「再試もかなりヤバいっての、先生も知ってるから、自習室、時間外も使わせてもらってるんだ。今日は、大神がいないから、俺がカギ、返しにきた」

ある程度、近づいたところで、海崎は狩生が青白い顔をしていることに気づいた。

「狩生は？　部活帰り？」

狩生は、何も答えない。

「狩生？　どうした？」

「あ、ああ、うん。あたしも、部活終わって、体育館のカギを返しにきたとこ」

「そうなんだ。——あ、そうだ、ちょうど良かった。俺、カギのしまい場所分かんなくてさ。悪いんだけど、一緒にきて教えてくんねえかな」

「……ごめん」

〝ごめん？〟海崎は、狩生の様子がおかしいことに気づく。

「狩生、お前、本当、どうしたの？　調子でも悪い？」

「ううん。あの、あたし、もう帰んなきゃだから。悪いんだけど、先生に聞いてくれる」

「あ、うん」

「——じゃ」

海崎の横を通り過ぎ、階段を下りていこうとする狩生。その姿に海崎は、違和感を抱いた。

「狩生！」

びくっと立ち止まる狩生。

「なんで、カバン、2つも持ってる？」

「……は？　別に、普通でしょ」

狩生の声は、うわずって震えている。

「いや、そうじゃなくて。俺、その緑色のカバン、見覚えあるんだけど」

狩生が持っている緑色のトートバッグ。それは、数日前の朝、日代が肩にかけていたのと同じ物だ。

「それ、日代さんのじゃないの？」

うつむいたまま、何も答えない狩生。

「狩生？」

ただ事ではない、と海崎が一歩を踏み出した瞬間、狩生は突然、ものすごい勢いで、階段を駆け下りだした。

「なっ……！　おい、待てよ！　狩生！」

海崎は、必死に狩生を追いかける。俊足だが、薄暗い階段では足元がおぼつかなくなる。2階から、1階に降りる階段の途中で、海崎は狩生に追いついた。

「おい、待てって！」

海崎が狩生の肩をつかんだ瞬間、狩生はその手を振り払った。

「離して！」

その瞬間、狩生の上履きが滑り、その足は階段の段差から離れた。バランスを崩し、狩生の身体は、背面から落下していく。

「狩生！」

慌てて、手を伸ばし、狩生の身体を抱きかかえる海崎。まだ完治していない膝に激痛が走る。踏ん張りがきかない。周囲の光景がゆっくりと、スライドショーのように切り替わっていく。階下の踊り場、階段の手すり、そして、天井――。狩生を抱えたまま階段の真下まで転落した海崎。そのまま視界はどんどん暗くなっていった。

狩生玲奈　5月1日　午後3時45分

最近、私、全然、笑ってない。部活に向かう前、荷物を片付けながら、狩生はそう思っていた。

シルバーピンを初めて手にしたのは、1年生の1学期。あのとき、大神と初めて一緒にクラス委員をした。良い奴だけど、チャラくて鈍感。クラス委員長をしながら、大神とは、しょっちゅう言い争いをした気がする。しかし、そんな日々も夏までで、その次の2学期、狩生はクラス1位の成績を取ることはできなかった。

「もう、シルバー取れなかったぐらいでそんなに落ち込むなよ」

あのとき、わざわざ慰めにきてくれた大神。でも、当然のように2学期もシルバーピンを手にした奴に慰められても、と素直な態度がとれなかった。

「……うるさい、落ち込んでない」

「じゃあ、頑張ってる狩生に、ご褒美をあげよう」

「……？」

大神が差し出したのは、ピンクの小さい袋に入ったキャンディーだ。

「はい。アメちゃん♪」

「やっす……」

「文句言うなよ！」

あたしが、本当に欲しい物が何か気づきもしないくせに……。狩生は、大神が差し出してくれたキャンディーを拒絶し、教室を出た。

大神が、アルバイトをしていることを知ったのは、翌年。2年生になる春休みのことだ。少しでも成績を上げたいと親に頼んで行かせてもらうことになった塾の近くのコンビニで、大神が働いていた。

「大神⁉　何やってんの、こんなとこで！」

「バイトだよ」

「バイト⁉」

「うちの高校、別にバイトＯＫだよ？」

「知ってるけど……」

「狩生は、何してるの」

「これから、塾……。１年の２学期と３学期、シルバー取れなかったでしょ。だから、塾変えた」

「へえ、そうなんだ。でも、そうはいっても成績は上位だったんでしょ？　本当にストイックだなあ。何もそこまで――」

何が分かるの。つい、カチンと来てしまった。

「一番じゃなきゃ、意味ない！」

しかし、ムキになって怒る自分を、大神はいつもの調子で笑いながら受け流す。

〝この鈍感男……！〟

その後、遅れて出勤してきた女子大生風の先輩が現れ、レジを交代。

「ごめんね、カズ。遅れちゃって」

「いえ、万里《まり》さん。これで合ってますよね」

今まで知ることもなかった大神の日常。そのたった一部を見ただけなのに、心の中にモヤモヤとしたものが広がっていく。コンビニを出て、塾に着いても、その気持ちは晴れなかった。大神と一緒に働いていた仲のよさそうな先輩のことも、バイトしながらシルバーピンを手にし続けている大神のすごさも、ごちゃまぜになって腹が立つ。でも、その中心にある思いはたった1つだ。

〝大神に追いつけない、自分に一番腹が立つ〟

狩生は、モヤモヤを吹き飛ばすかのように、コンビニで買ってきたお茶を飲もうとした。ガサガサと袋を開ける狩生。すると、袋の中に買った覚えのない物が入っていることに気づいた。

「何これ……？」

それは、いつだったか大神がご褒美として自分にくれようとしたキャンディーだ。

〝頑張ってる狩生に、ご褒美をあげよう〟

狩生は、キャンディーの袋を開けて、それを口の中に放り込んだ。

「……甘い」

――こういうことを、何の気もなしにサラッとするところが本当にムカつくのよ。

心の中に渦巻いていたモヤモヤが、綿あめのように溶けて消えた。

無邪気で、鈍感で、少年みたいな男。

そんな彼のことが、私は、好きなんだ。


それから、狩生はがむしゃらに努力し、2年生のときは、クラス1位の成績をキープし続けて、同じクラスの大神と一緒にクラス委員長を務めることができた。好きな人がいるだけで、学校に来るのが楽しかった。

それが、一体、どこで間違えてしまったのだろう。高校生活最後の1年。折角大神とまた同じクラスになれたのに。そもそも、始業式前に無理をして夜な夜な勉強を続けていたのがまずかったのかもしれない。高校生活の思い出に、一度くらいシルバーピンを手にしたい、とみんなが思っている。狩生も俄然燃えた。しかし、いざ、試験を受けたら、狩生はクラスで2位だった。学年1位の成績を維持し続けている日代千鶴に、その座を奪われてしまったのだ。

シルバーピンを付けて大神の隣に立つ日代の姿を平常心で見ることなどできない。もし、日代がこのクラスでなければ、今頃あそこに立っているのは自分だったはずなのに。

そのときだ。狩生の視線に気づいた日代は、見下すような顔でニヤッと笑ったのだ。

〝……は？〟

明らかに、人をバカにしたような笑い方。それが気のせいではないと知ったのは、それから数日後のことだ。朝、昇降口で海崎と一緒に登校してきた日代を見かけた。日代は、海崎の前ではごく自然な笑顔を見せていたのだ。男の前では態度が変わる。一番嫌いな女のタイプだ。狩生は、神を呪った。どうして、あんな性格の悪い女に、あたしは、負けなければならなかったのだろう。その日から、狩生は日代の何もかもが嫌いになった。目が合うたびに見せる、あのムカつく笑い方も、誰かが声をかけてくれるのを待っているのか、わざとらしく学食で1人ラーメンをする姿も——。ぽたんぽたん、と狩生の心の中にどす黒い感情が滴《したた》り落ちていく。そして、ついにキレたのは、体力テストのときだ。先生に頼まれてタイムの計測をしていた日代が自分のことをこう呼んだのだ。

「タイム7秒38だった、赤毛の人」

ただでさえ､玉来にタイムで負けて､落ち込んでいたのに。その呼び方は心をえぐる。

「何？　あたしのこと？　名前で呼べばいいじゃん！　わざわざタイム覚えてるとか。嫌味?!」

喧嘩を売るなら買ってやる、ぐらいの勢いの狩生に対し、日代はいたって冷静だ。

「嫌味!? タイム、かなり良いほうだと思いますけど。お名前は、スミマセン。分からないので呼べませんでした」

「え、嘘でしょ? 去年ずっと委員会一緒だったじゃん。あたし、1組の委員長だったけど?」

日代は、また人を見下したような笑顔を見せる。

「スミマセン。記憶にありませんので。お名前伺ってもいいですか?」

こいつ……。狩生は、一旦平静を取り戻した。完全に、挑発している。乗ってはだめだ。狩生は、日代のテンションに合わせ、冷静な態度で名乗った。

「狩生よ。狩生玲奈。よろしくね、日代千鶴さん」

どう? あたしは、あなたと違って、ちゃんと名前を覚えてる。それも、フルネームで。常に学年1位の成績を収めているあなたのことは、ずっとライバルだと思っていたんだから。

狩生は、右手を差し出す。握手をするつもりだった。しかし、日代はその手に、ストップウォッチのストラップを握らせた。

「……は?」

「私、そろそろ走る順番なので、計測係、交代してもらいたくて。それで、声をかけたんです」

「あ、そう。でも、なんであたしに？」

「手近なところに立っていたので。では」

日代は、お辞儀をすると狩生の元から去っていった。

まさか、名前も覚えてもらえていなかったなんて。そんなの、1人でライバル視していたあたしが、バカみたいじゃない。もうダメだ。些細なことで、心に溜まった闇が噴出してしまいそうだ。そんな状態がずっと続いている。

「――カズ君」

ぴくっと狩生は荷物を片付ける手を止めた。委員会に向かう際、日代が、大神のことをそう呼んだのだ。多分、大神がそう呼べと冗談で日代に言ったのだろう。しかし、まさか真に受けて、本当にそう呼ぶとは。それも、あたしのすぐそばで。

「ごめん、日代さん、行こうか」

「はい」

いつの間にか、大神の隣に日代がいることが当たり前になっていた。これから、もっと2人きりになることが増えていくことだろう。大神と日代は、どんな会話をするんだろうか。日代は、海崎に見せていたような笑顔を大神にも見せるのだろうか。どす黒い感情で満たされた心にさざ波が立つ。

これは何かの罰なのだろうか。頑張りが足りなかったから、こんな仕打ちを受けるのだろうか……？

きっかけは、ほんのわずかな歪みだった気がする。体育館でバレー部の居残り練習をしていた狩生と玉来の元に、朝地と犬飼がやってくる。2人は玉来を迎えにきたのだ。

「帰るぞ、タマ」

「え⁉ もうそんな時間⁉」

いつの間にか、時刻は7時を回っている。

「ご、ごめん。玲奈と居残り練してたら、楽しくなっちゃって」

2人を待たせてはいけないし、かといって、後片付けもしなければならない、おろおろする玉来に、狩生が声をかける。

「いいよ、着替えておいでよ」

「でも、まだボールが」

「いいよ、あたし、まだ残るし。電車の時間があるんでしょ？」

玉来と、朝地、犬飼の3人は電車通学組だ。1人で電車に乗ると、かなりの確率で乗り間違える玉来にとって、朝地と犬飼は良いナビゲーターでもあるのだ。

「玲奈、ごめん。アキちゃん、ノブちゃん、待ってて！」と、玉来は更衣室に走っていった。1人、ボールを片付けはじめる狩生に、朝地が声をかける。

「ごめんね、狩生さん。いつも遅くまでタマちゃんに付き合ってもらっちゃって。でも、おかげで、タマちゃん、最近、部活が楽しそう」

「別に、付き合ってもらってるのは、こっちのほうだし。そっちこそ、すごいよね。こんな時間まで待っててあげるなんて」

「だって、タマちゃん、1人で電車に乗せるとどこ行っちゃうか分かんないし」

「うちら、親同士も仲いいから、お前らがちゃんと面倒見ろって、うるせえんだよ」

そう言いながら、朝地と犬飼は、体育館中に散らばっていたバレーボールを全てカゴの中に運んでくれた。その瞬間だった。狩生の中で何かがはじけたのは。

その後、着替えた玉来がバタバタと戻ってきて、3人は電車に間に合うよう、狩生に「また明日」と言って、急いで体育館を出ていく。

〝いいよね〟

1人になった狩生はバレーボールを1つ手に取ると、それを高く上げ、力いっぱいサーブした。まっすぐ飛んだボールはネットにぶつかり、落下。バウンドしながら床を転がり動きを止めた。

——あたし、独りぼっちだ。

狩生は、顔を両手にうずめる。

〝……なんで、あたしばっかり、うまくいかないの〟

狩生の心から、ついに闇が噴出してしまう。

ああ、イヤだ。止まって。こんな自分、格好悪い。

黒が、止まらない。

狩生玲奈　5月1日　午後7時30分

ようやく体育館の片づけが終わり、カギを職員室に返しに来た狩生。入り口のところに、緑のトートバッグが置いてある。中には教科書やノート類。こんな時間に、まだ自分以外に残っている生徒がいるのだろうか？　失礼します、と、狩生は職員室のドアを開けた。

職員室の奥に進むと、各部屋のカギがかけられるラックがある。「体育館」と書かれたフックにカギを返し、狩生が退室しようとすると、職員室の片隅で、英語の教師と話をしている女子生徒の後ろ姿に気づいた。日代だ。

〝日代……〟

日代は、勉強を教えてもらっているのか、狩生の姿には全く気づいていない。

気づかれないまま「失礼します」と、そっと退室する狩生。職員室の入り口のそばに置いてあった緑のトートバッグが、日代の物であると勘づく。心の中から噴出した闇が、狩生の心臓を包み込み、締め上げる。まるで狩生を支配するかのように。こんな時間、恐らく学校に残っているのは自分と日代くらいだろう。もし、これが盗まれたら、日代はどうするだろう。

一瞬浮かんだ思いを、打ち消す狩生。

〝ダメよ、あたし。何考えてるの〟

ぎゅっと襟元をつかむ狩生。この間まであったシルバーピンがない。

シルバーピン。クラス1位の証。あたしが頑張った、という証。それだけじゃない。あれは、あたしにとって、大神の隣にいていい、という証だった……！

瞬間、狩生は緑のトートバッグの持ち手を掴んで、走り去っていた。

〝ちょっと、困らせてやるだけよ〟

何の努力もしてないような涼しい顔で、何もかも手に入れて。少しぐらい困ればいい。大丈夫、バレやしない。このまま、平然と学校を出て、駅のトイレにでも放置すれば……。

「狩生？」

階段を駆け下りようとした狩生の足が止まる。階下に、海崎が立っていた。

「今、帰り？」

「海崎……」

海崎の顔を見た瞬間、逃げ出したくなった。今、気づいた。自分は罪を犯しているのだ。

「なんで……なんで、こんな時間に？　もう、とっくに下校時刻なのに」

平静を装いたいのに、声がうわずる。自分の声じゃないみたいだ。

「ああ。大神に言われて居残り勉だよ」

大神？　そうだ、もし、大神が今のあたしを見たら、なんて言うだろう。想像するだけで泣きそうだ。

「再試もかなりヤバいっての、先生も知ってるから、自習室、時間外も使わせてもらってるんだ。今日は、大神がいないから、俺がカギ、返しにきた」

海崎は、階段を一歩一歩あがり自分に近づいてくる。嫌だ。こんな自分を今、見られたくない。

「狩生は？　部活帰り？」

頭が真っ白で、何も言葉が出てこない。

「狩生？　どうした？」

「あ、ああ、うん。あたしも、部活終わって、体育館のカギを返しにきたとこ」

「そうなんだ。——あ、そうだ、ちょうど良かった。俺、カギのしまい場所わかんなくてさ。悪いんだけど、一緒にきて教えてくんねえかな」

無理。この状態で、職員室になんて戻れない。そろそろ、日代も用事を終えて、帰る頃だろう。

「……ごめん」

ごめん、なんて。らしくない。海崎は完全に様子がおかしいことに気づいたはずだ。

逃げたい。早く、ここから逃げ出したい。

「狩生、お前、本当、どうしたの？　調子でも悪い？」

「ううん。あの、あたし、もう帰んなきゃだから。悪いんだけど、先生に聞いてくれる」

「あ、うん」

「——じゃ」

海崎の横を通り過ぎ、階段を下りていこうとする狩生。

「狩生！」

全身が、びくり、と震える。完全に、犯罪者だ。

「なんで、カバン、2つも持ってる？」

「……は？　別に、普通でしょ」

「いや、そうじゃなくて。俺、その緑色のカバン、見覚えあるんだけど」

そうだ。いつだったか、日代と親しげに登校する海崎を見たことがあった。

「それ、日代さんのじゃないの？」

やめて、もうやめて、許して。

「狩生？」

自然と身体がその場から逃げ出していた。自分がしたことがバレたら、何もかも終わりだ。

「なっ……！　おい、待てよ！　狩生！」

必死に逃げる狩生。本当に、どうしてこんなことになってしまったんだろう。悪いのは本当に、日代なのだろうか、それとも、自分の気持ちに気づいてくれない大神なのだろうか。いや、違う。

「おい、待てって！」

肩をつかむ海崎の手を払いのける狩生。その瞬間、足を滑らせた。背面から、身体が下に落下していく。

海崎新太　×　狩生玲奈　5月1日　午後8時00分

海崎が目を開けると、真っ先に目に飛び込んできたのは真っ白い天井と蛍光灯だった。

「目が覚めた？」

いかにも理系な、白衣姿のクールなお姉さんが顔を覗かせる。海崎は、今、自分が学校の保健室にいることを悟る。

「あなたたち2人、階段の下で倒れてたのよ。覚えてる？」

「ああ、はい。若干、記憶は飛んでますが」

「安心して。打撲以外は異状なし。2人とも、軽い脳震盪《のうしんとう》で済んだみたい」

保健の先生は、海崎を見て、クッと笑う。

「てか、海崎君、ここ来るの2度目だよね、こないだはお姫様だっこで」

「それは、もう忘れてください」

全く、編入してわずか1ヶ月で、2度も保健室に運ばれるとは。

「でも、今回は助けてあげる側だったわね」

「え……」

「海崎君、狩生さんを庇うように倒れてたのよ。さすが、男の子ね」

「はあ……」

「狩生さんの目が覚めたら、もう帰りなさい。私から、保護者には連絡しておくから」

「あっ……俺は、いいです。家、遠いんで」

「そうなの、でも」

「本当、よけいな心配かけたくないんで。……すみません」

こういう場合、誰に連絡がいくのだろう？　まさか、夜明さん？　いずれにせよ、面倒くさいことはまっぴらだ。

「……あ、そうそう。倒れてる2人を見つけて、知らせてくれたの、同じクラスの日代さんなのよ」

「日代さんが、ですか？」

「あなたたちが持っていた荷物を運んでくれたのも、彼女よ。今度、お礼、言っといてね」

そう言うと、保健の先生は狩生の親に連絡するため、保健室を出て行った。

〝荷物……？〟

消毒薬等の薬剤が置かれたテーブルの上に、海崎と狩生のカバンが置いてある。しかし、狩生が持っていたはずの緑のトートバッグが消えていた。やはり、あれは、日代のカバンだったのだ。あのときの逃げ出そうとした様子から見て、狩生がそれをどうするつもりだったのかは、容易に想像がついた。

嫉妬、いやがらせ。昔、これと似たようなことがあった。会社に勤め、あの人と行動を共にしていた時期だ。広く見れば、だいぶ男女平等になったと言えるかもしれないが、ピンポイントで社会を見つめると、まだまだ、女性の活躍に眉を顰める輩もたくさんいた。あの人は、そんな中で、日々奮闘し、結果を残し、そして、いつしか、その成功を妬まれるようになっていた。そして、嫉妬する連中が結託し、あの人が作成した発注書の数字をわざと書き替えたのだ。

「申し訳ありません」と客先で必死に頭を下げたあの人。同行した海崎も、頭を下げる。不本意だった。金額を一桁間違えるなどありえないことだ。

「今回のミス、先輩のせいじゃないですよ、絶対！」

帰り道、海崎は、あの人に詰め寄った。

「何度も一緒に確認したじゃないですか！　きっと誰かが差し替えたんだと思います」

なのに、なんであなたが謝らなければならないんですか、海崎がそう言おうとしたとき、あの人は振り返った。夕陽の逆光で、表情はよく見えなかったが、ほほ笑んでいたような気がする。

「……知ってる」

そう言うと、あの人はまっすぐ前を見て歩きながら、こう続けた。

「人を貶《おと》すことで、自分が上がろうなんて、虚しいよ。そうすることでしか、もう勝ち目がないって自分で認めちゃってる証拠だもん。みんなね、最初は正々堂々戦いあって、協力もして、自分も負けてたまるかって、思えて、すごく楽しかった。でも、順位がついて、差が開くにつれて、みんな変わっていった。いつの間にか、ライバルではなくて、敵だって、見られるようになっちゃってた。怒るより何より、頑張っていた人が、そういう風に変わっていってしまうのは、すごく、悲しい」

あのとき、あの人の華奢な背中に、自分は、なんて声をかけてあげればよかったんだろう。

芯が強くて、優しかったあの人。自分の痛みを表には出さず、心が潰れ、ある日、突然、目の前から消えてしまったあの人。

のどの奥がつまる。まるで溺れているかのように海崎が深い呼吸を繰り返していると、狩生がかすかな息を漏らし、目を覚ました。

「あ、気づいたか？」

狩生は、今、自分がどこにいるのか、何があってこうなってしまったのか、一つ一つ思い出すように周りを見回し、そして、状況を理解した。

「あたしッ……！」

狩生は、慌てて飛び起き、めまいを起こす。

「おい。急に動くな。頭打ってるんだ」

「……どうして、保健室に？」

「日代さんが、倒れてる俺たちを見つけて先生に知らせてくれたらしい」

「日代が？」

くしゃ、と前髪をかきわけ、目を泳がせる狩生。

「それで、俺たちが持っていた荷物も運んでくれたらしい」

「……そう」

「でも、緑のカバンはなくなってた」

狩生の目の動きが止まる。

「多分、日代さんが、気づいて持って帰ったんだと思う」

沈黙。

「……やっぱり、あのカバン、日代さんのだったんだろ。なんで狩生が持ってた？」

更に、沈黙。海崎は、若干きつい調子で、狩生を問い詰める。

「逃げるな。答えろ、狩生」

狩生は、キュッと唇をかみしめる。

「日代さんのカバン、どうするつもりだったんだ？　……何か、盗ったのか？」

「違う！　どこかに隠してやろうと思っただけ」

「なんで」

狩生は、ぎゅっと黙り込む。まるで、初めて会った子を相手にしているようだ。あの生意気で上から目線の狩生は、すっかり影を潜めてしまった。

「そんな嫌がらせをすることでしか、もう、日代さんに勝ち目がないって諦めたからか？」

「……言う？」

「え」

「言うの？　日代に」

「……」

「海崎、日代と仲いいもんね。だから、あのカバンが日代のだってすぐ気づいたし、だから、そうやって、怒ってるんでしょ、あたしのこと」

「日代さんに言うより、大神に言ったほうが、ダメージでかそうでいいかもな」

狩生は、顔を真っ赤にし、あわわ、となる。やはり、効き目は絶大だ。

「嘘だよ、言わねえよ」

狩生の表情に、安堵と困惑。

「でも、そういうことだと思うぞ、狩生」

「え……」

「人を貶そうという行為は、結局、自分を貶す」

その言葉に、狩生は初めて顔を上げた。

「今まで積み重ねてきた努力や信頼を自分で踏みにじるな。頑張ってきた自分に失礼だ。そんなことをして喜んでいられるのは、頑張ることを諦めた負け犬だ」

「……」

「でも、俺は狩生がそうだとは思えない。万一、これで勝つ日が来て、そのとき、喜べる人だとは思えない。まだ、たった1ヶ月だけど、隣の席で狩生を見てきた。負けん気が強くて、ぶっきらぼうだけど、優しくて、芯の強い頑張り屋だと思って見てきた」

海崎は、大きく息を吐いた。相手は高校生。あまりキツイことを言いたくはないが、悪いことは悪いと教えてやらないと。一応、中身は大人だし……。

「さっき、狩生、俺が怒ってるって言ってたけど、怒ってねえよ。そうやって諦めずに頑張る狩生を見てきたからこそ、怒るより何よりただただ悲しく思った。──汚い大人みたいな真似しないでくれ。まだ若いんだ。エネルギーも時間もたくさんあるだろ。頑張ることを諦めないでくれ」

「海崎に何が分かるのよ！」

決壊。狩生は、感情を抑えきれず、海崎の前で気持ちの全てを吐き出した。

「同い年のくせに！　何悟ったようなこと言ってんの！　意味分かんない！　頑張ったわよ。でも、全然報われない。敵わないどころか、ライバルだとすら、認識してもらえてないのに！　運動ではほのかに、勉強では日代に、あたしはこんなに必死なのに、なんで2人は涼しい顔で！」

泣くもんか、絶対に泣くもんか。その思いとは反比例に、視界が涙で曇ってくる。

「なんで、あたしだけが、うまくいかないの⁉　いくら、頑張っても、頑張っても、頑張っ……」

　涙が瞳から零れ落ちる。それを隠すように顔をそむける狩生。でも、もう無理だ。どんなにこらえても、もう、止められない。すると、海崎が、落ち着かせるように狩生の後頭部をポンポンと優しくなでてくれた。泣いて、いいんだよ、と。

「頑張っても、結果がでない。意味が、ない」

「そんなこと、ない。周りと比べようとするから見えにくいだけで、頑張った分はちゃんと、狩生の成長になってる。その成長も結果だと思う。人と比べた順位だけが、結果じゃない」

　頼む。狩生。俺の知っている、あいつらみたいな大人にならないでくれ。あの人をあそこまで追い詰めた、あいつらみたいに。海崎は、祈るように言葉を続けた。

「そこに気づかないで腐ったりするな。意味ないなんて、否定するな。狩生はすげえ頑張ってる。そして、ちゃんと結果も出してる。だから、もう二度とこんなことをして自分を貶すな」

「あたし……」

　もう、何も言葉にならなかった。こんな風に泣いたのはいつぶりだろう。でも、自分が欲しかったのは、こういう時間だった気がする。自分の中に澱のように溜まっていた闇が、涙と共に流され、消えていく気がした。

――そっか、あたし、ちゃんと頑張れてたんだ。意味無くなんか、なかったんだ。

狩生は、ひとしきり泣き、保健室のティッシュを数枚とると、ズビッと派手に鼻をかんだ。スッキリした様子の狩生は、始業式直後の、あの生意気な小娘に戻っていた。

よしよし、と海崎が「落ち着いたか？」と声をかけると、狩生は、ジロッと睨んできた。

「は？」

強気に出て、何もかもなかったことにしたいらしいが、腫れ上がった目では説得力がない。

「狩生」

「なに」

「頑張ってるよ、狩生は」

「だから。もう、いいって、その話は」

「――でもさ」

「ん？」

「日代さんも、頑張ってると思う」

「……」

「確かに、涼しい顔はしているけれど、でも、こんな時間に学校にいたってことは、勉強で分からないところを先生に聞いていたってことじゃないか？」

狩生は、職員室にいた日代のことを思い出した。思えば、自分が来たことも気づかないほどの集中ぶりだった。

「狩生は、自分だけが、うまくいってないって思ってるかもしれないけど、日代さんにだって、うまくいってない部分、あると思う……色々、不器用だから」

海崎は、あの日代の下手くそ笑顔のことを思い出していた。

「狩生、日代さんのこと誤解している部分あると思う。だいたい、ちゃんと話したことないだろ？」

「――そういえば」

海崎は、いいことを思いついた様子で、１人で勝手に笑い、そして提案をしてきた。

「今度、機会あったら、日代さんに『笑ってみて』って言ってみ？」

「え、何で」

「いいから。少しずつでもしゃべってみなよ。面白い子だよ」

戸惑いの表情を浮かべ、黙り込む狩生。

「じゃあ、俺も、帰るわ。狩生も落ち着いたら気を付けて帰れよ」

海崎は、じゃあ、と片手をあげて保健室を出て行った。

〝本当にムカつく〟と狩生は思った。赤点のくせに。走って転んで、お姫様だっこされてたくせに。たまに、海崎はすごく大人の一面を見せる。狩生は、小さくほほ笑んだ。

保健室を出た海崎は、廊下で1人になると、大きくため息をついてその場にしゃがみこんだ。

〝偉そうに。説教たれちまった……〟

この春まで、ニートだった男が「頑張ることを諦めないでくれ」だ？　どの口が言うか、だ。社会で頑張ることを諦めたやつが、偉そうに。

日代千鶴　5月1日　午後8時15分

空には、今にも消え入りそうな細い月が浮かんでいる。

授業で、どうしても分からなかったことがあった日代は、放課後、先生に質問をしに行っていた。難解だった問題に、ようやく出口が見えてきたため、今日のところは帰ろうと、職員室を出た後、日代は物音とともに、階段の下に倒れている海崎と狩生を発見したのだ。

「もし？」

と、声をかけてみるも、２人とも返事をしない。現場の状況から、どうやら、何らかの事情で、階段から転落したらしい。あのときの光景が今でも目に焼き付いている。狩生を守ろうとしたのか、海崎の右手は、狩生の頭を抱きかかえていた。まるで大事な物を守るかのように。

――もや。

日代の胸の中に、今まで感じたことのない感覚が広がった。味に例えるならば、苦い感じだ。決して身体に悪いものではないが、あるとちょっと厄介な感じ。日代がこの〝もや〟の正体を探ろうとしていると、海崎が校門から出てきた。

「日代さん？」

海崎は、驚いた様子で日代を見つめる。

「海崎さん」

「どうしたの、こんなところで」

「待っていました」

「え」

「どうしても、気になったことがあって。考えても分からなくて、待っていました」

「何が？」

日代は、まっすぐと海崎を見据えて、尋ねた。

「どうして、狩生さんは私のカバンを持っていたんでしょう？」

あまりの直球に、海崎は唖然とする。

「狩生さんが私のカバンを持っているという状況を目にして、色々考えましたが、正直『盗られた』という答えしか出てこなくて困惑しています。狩生さんとは、よく目が合うし、目が合えば、笑いかけるよう心掛けていたつもりですし、仲良くなれていっているものと思っていたので。今回の件、理解不能なんです」

海崎は、目を閉じて静かにため息をつく。この、超コミュ音痴。狩生がストレスを溜めたのも、少し理解できる。

「海崎さん。狩生さんから、何か聞いていませんか？」

日代に、そう尋ねられ、海崎は咄嗟に無難と思われる回答を伝えた。

「放課後で、人も少なかったし、あんなところに無防備にカバンを置いておくのは、危ないって思ったんだと。で、とりあえず、狩生が保護？　しておこうと持ってたらしい」

　純粋な日代は、海崎のその言葉を素直に吸収する。

「そうですか、それならよかったです。理由が分かってスッキリしました。狩生さんが、人の荷物を盗るだなんて、そんなはずないと思ったんです。どうしても、と理由付けを考えてそれしか浮かばなかった自分が恥ずかしいです」

　心から、よかった、とほほ笑む日代を見て、海崎の心がチクリと痛んだ。いつか夜明が言っていた言葉が思い出される。

　——石をどかしたキレイな道を歩かせてあげることだけが、果たして本人のためになるのかどうか。転んでも許してもらえるうちに、その痛みや起き上がり方を学んでおくのも、大切かな、って思いますがね。

　海崎は、明日からの日代と狩生のことを想像してみた。このままにしておけば、波風は立たず、また何事もなかったように日常が過ぎていくことだろう。この日代のことだ。また何か狩生の癇に障るようなことをしでかして、再び、関係が悪化するかもしれない。多少、痛みを伴うにしても、一度、膿は出し切ってしまったほうがいい。

「日代さん」

「はい」

「……ごめん、今の嘘」

「え……？」

「狩生は、日代さんのカバンを持ち逃げして、隠して、困らせようとしたんだ」

私の、カバンを、持ち逃げして、隠して、困らせようと、した？　一つ一つの言葉の意味を理解してるのか、少しの間が空いて、日代は海崎に尋ねた。

「……なぜ、そんな」

「狩生もシルバーピンが欲しかったからさ。それが取れなかったことの悔しさ、というか。逆恨みってやつかな」

日代の頭の上に「？」が飛び交っているのが、目に見えるようだ。高度か。今の日代に逆恨みという上級の感情を理解させるのは。日代は、自分なりの解釈を新たに伝える。

「……要するに、狩生さんは、そんなにシルバーピンが欲しいということでしょうか」

イヤな予感がする。

「では、これをあげたら、友達になれますか？」

やはり、そう来たか。海崎は、思い切り「ねえよ」と答える。困惑する日代。

「分からないです。……逆恨み？　私、狩生さんから恨まれてるんですか？」

「まあ分からないよな。ＬＩＭＥで『最近、狩生さんといい感じなんです』とか言ってくるぐらいだし」

あ……と思う日代。また人の気持ちをはき違えてしまっていた。

「日代さんさあ、いくら頭良くても、その鈍感さはどうかと思うよ？　みんながイラついてるの、気づいてないでしょ？」

いつか、誰かに言われた言葉。そうだ。私は、昔から何ひとつ変わっていない。自分が正しいと思っていることが、周りからは何ひとつ求められていないのだ。こんなんで、友達が欲しい、など笑止千万だ。

日代は、海崎に思わず悩みを打ち明ける。

「私、何を言ったら怒るとか、人の気持ちとか、そういうのが全然分からないんです。ちゃんと人付き合いをしてこなかったせいだと、自覚しています。学ぼうと、私なりに調べたりもするんですけど、一体、何が正解なのか」

難しい質問に、海崎は、うーん、と腕組みをして考えこむ。

「人付き合いに決まった正解なんかないし、相手が違えば、正解は違うだろうし」

「相手が違えば、正解も違う？」

「うん」

「それは、何万通りも答えがある、ということですか？」

「あ。ごめん、そんなに悩ませるつもりじゃ」

「……もういいです。ここで話していても、机上の空論です。狩生さん、まだ校内にいますよね」

「え？　ああ、そうだと思うけど」

「私、ここで狩生さん、待ちます」

「え？」

「このままでは嫌です。私、ちゃんと狩生さんと友達になりたいです。でも、どうしていいか分かりません」

キリッと海崎を見る日代。

「正解が分からないなら、直接聞くまでです」

「そんな、先生に質問するみたいなノリで」

「どうぞ。海崎さんはお帰りください。自分でなんとかしなければ、ならないことだと思うので」

その瞬間、海崎は日代に成長を感じた。確かに、これは2人の問題。余計な口出しはせず、2人に任せたほうがいいかもしれない。

「分かった」

「――あ、あと、もうひとつ聞きたいことが」

「なに？」

海崎さんが、狩生さんと倒れていた姿を見たとき、胸のあたりがもやっとしたのは、なんででしょうか？　そう聞こうと思ったが、やはり、やめた。一度に色々聞くのは効率が悪い。順番に潰していこう、と日代は思った。

「……やっぱりいいです」

「そう。じゃあ、俺、帰るね」

「はい。色々教えていただき、ありがとうございました」

海崎新太　×　夜明了　5月1日　午後8時30分

日代を置いて、自宅に帰ろうとする海崎。……って、帰れる訳ないだろう。海崎は、校門の並びにある教師用の通用門の壁に隠れ、日代の様子を窺う。

「大丈夫ですかねえ」

ひっ！と小さい悲鳴を上げて振り返る海崎。いつの間にか、背後に夜明が立っていた。

夜明は、シー、とジェスチャーをする。

「声出したら、気づかれちゃいますよ」

「なんで、いるんだよ」

「なんですか、今更。いい加減慣れてください。海崎さんのいるところに、僕あり、ですよ」

「いや、キモイから」

「声、大きいですって。あと、キモイはひどいです」

「なんで、夜明さんまで、一緒になって覗くんだよ。あんたの役目は、日代さんじゃなくて、俺の観察だろ」

もちろん、見てましたよ、と夜明は、くすっ、と笑う。

「正直に話したんですね。狩生さんのこと。うやむやにしてお互い守る道じゃなく、衝突させる道を選んだ」

「どの段階から見てたんだよ」

「海崎さんの選択が周囲に与える影響と、その行く末、それもまた観察対象ですので」

「そうかよ」

夜明が、何かに気づき、海崎の腕を掴む。

「来ましたよ」

校門を見る海崎と夜明。日代と狩生が対峙している。

日代千鶴　×　狩生玲奈　5月1日　午後8時30分

校舎を出た狩生は、ため息をつく。できれば少し、どこかで時間をつぶして帰りたい。号泣した直後の顔なんて、親に見られたくない。かといって、こんな時間に高校生が寄れる場所なんて、そうそうないし……。そう思いながら、校門を出ると、街灯の下に人が立っていた。狩生は、足を止める。日代だ。日代は、さっき狩生が持ち去ろうとした緑のトートバッグを抱え、神妙な顔で立っている。

「ひ、しろ……」

「狩生さん、待ってました」

日代は、神妙な顔で狩生に歩み寄ると、何の前置きもなくこう尋ねた。

「狩生さん。そんなにこのシルバーピンが欲しいんですか？」

「は……？」

絶句する狩生。離れた場所で様子を窺う海崎と夜明も、白目をむく。

「な、なによ、急に」

「海崎さんから聞きました。狩生さんが私のカバンを持ち逃げして、隠して困らせようとした、と」

何もかもがド直球の日代。勢いはメジャー級だが、コントロールはめちゃくちゃだ。

「なぜ、そんなことをと聞いたら、シルバーピンが取れなかったからだ、と。じゃあ、シルバーピンを譲れば友達になれるか、と聞いたら『ねえよ』と言われました」

そりゃないわ、と思う狩生。てか、海崎。次、会ったら、シメる。

「狩生さん、私のことがお嫌いですか?」

まっすぐな目で、日代にこう聞かれて思わずたじろぐ狩生。

「……別に…そんな……」

「では、なんでカバンを隠そうとしたんですか? 嫌いではない相手にそのような行動を起こす意図は?」

対峙する2人の様子をハラハラと見守る海崎と夜明。

「まあ、よくああ、ずけずけと聞けるな。自分の心、えぐられねえのか」

「まあ、それが日代さんですからね」

日代に見据えられる狩生。日代のストレートな感情に圧倒され、うつむきながら「…

べ……つに」、そう言いかけた瞬間、海崎から言われた逃げるな、という言葉が狩生の頭をよぎる。ずっと下を向いて黙り込んでいた狩生が口を開く。

「嫌いよ」

狩生も、日代を見据え返した。もう逃げない。——誰が、逃げるか。

「どんなに頑張っても敵わなくて、あたしが欲しかったものを手に入れて、あたしが欲しかった場所を手に入れて、いつも、勝ち誇ったようにいつも……いつも、あたしをバカにして笑うアンタが大っ嫌いよ！」

これまでの思いの丈をぶつけた狩生。日代はどう返してくるか——。息をのむ海崎と夜明。緊迫感があたりを包む。

日代が、はい、と挙手する。

「……バカにしたことなんて、ないです」

「してるじゃない！　目が合うたびに、いつもいつもいつも！」

「してません」

「してる！」

日代は、拳《こぶし》を口にあて、考え込むポーズをとる。

「なぜ、私が、狩生さんをバカにする必要が？」

「知るか！」

そのとき、狩生は海崎が言っていた言葉を思い出した。

〝「笑ってみて」って言ってみ〟

半信半疑の狩生。

「日代」

「はい」

「ちょっと笑ってみて」

「なんですか？　急に。待ってください。今、私が狩生さんをバカにする理由を考えているところなんで」

「いいから！　人と目が合ったときにする程度の笑顔、してみて」

「……こうですか？」

日代は、まるで表情をトランスフォームするかのように、眉毛、目、口角、の筋肉を動かし、笑顔らしき、表情を作り出した。

〝うそでしょ⁉〟と思う狩生。こんな笑顔って、ある？

狩生は、もう一度笑ってみてと指示を出す。

笑顔らしき顔を作る日代。

「戻して」

素の顔に戻る。

「もう一回笑って」

笑顔を作る日代。

「戻して」

まるで、部活かのように、日代の笑顔を確認した狩生は、全てを悟り、そして叫んだ。

「このド下手くそ！」

「え？」

いきなり怒鳴られ、ビクッとなる日代。

「それのどこが笑顔よ！　鏡見たことあんの？　そんな笑顔を向けられた人がどんな気分になると思ってんのよ！　……あたし、てっきりバカにされてるんだと思ってた」

「私はずっと、狩生さんと友達になりたいと思っていました」

狩生は、はあああ……と長いため息をついた後、肩を震わせて、ははは と笑いだす。

「あー。アホらし。なんだ、あたし、ずっと勘違いしてたんだ」

「狩生さん」

「なに」

「私の長所は、頭がいいところです」

「な、なによ、急に？」

「分からないところがあれば、自分で調べ、それでも分からなければ質問し、解決につとめます。そして、短所は、周囲に全く興味がないところです。そのせいで、人との付き合い方が分からず、恐らく多くの方に迷惑をかけてきました。知らず知らずのうちに怒らせてしまったこともあると思います。至らない点が多々ありますが、今はこんな自分を変えていきたいと思っています。……狩生さん。こんな私ですが、友達になってくれませんか」

日代が差し出した右手。指先がかすかに震えている。狩生は、その手に自分の右手を重ねた。握手する２人。

「――よろしく。日代千鶴さん」

日代は、狩生の笑顔を見て、ああ、友達になるというのはこういうことなのか、と感動する。しかし、狩生は、途端に眉間にしわを寄せると、ビシッと日代を指さした。

「その代わり、あたしのこと、ちゃんとライバルとして認めてよね。次は負けないから。絶対、あたしがシルバーピンを取ってみせるから」

「あの、そんなに欲しいなら、次のテストでお譲りしますけど」

「だーかーら！　そうじゃないんだって！　欲しいけど、そうじゃない！　手加減なんてしたら絶交だかんね！」

まだ何も始まっていないのに絶交宣言。焦る日代。

「あと！」

狩生は、突然、姿勢を正し、日代に頭を下げた。

「今回のことは、本当にごめんなさい。すごく後悔してる。もう二度としない。……ごめん」

「――許します」

日代の言葉に、顔をあげる狩生。

「友達、ですから」

その表情は、いつか海崎に見せていた作っていない、柔らかな表情だ。

「――なんだ、ちゃんと笑えるじゃない」

「いつだって、笑えてますが？」

「嘘つけぇ！」

――ったく、しょうがないなと苦笑いを浮かべる狩生と、きょとんとしたままの日代。２人は連れ立って、駅のほうに向かって歩いていった。物陰から、様子を窺っていた海崎と夜明にも笑みが浮かぶ。

「海崎さん」

「……なんだよ」

「なんだか、飲みたい気分ですね」

「なんで、お前と！」

海崎新太　×　夜明了　5月1日　午後9時30分

結局、その後、夜明はコンビニで、ポテトチップスとさきいかを買って、海崎の家にあがりこんできた。冷蔵庫の中にあったビールで乾杯する2人。海崎は、喉を鳴らして一気に飲み干した。うま味が全身を駆け巡る。

「よし、とことん飲みますか、今夜は」

「明日も学校だろ」

「クズニートだった割に、真面目なんですね。海崎さん」

「クズニートじゃねえ」

「これは、失礼」

ピロン、と携帯が鳴る。狩生からのＬＩＭＥだ。

日代に
あたしのことばらしたでしょ

うわ、と顔を引きつらせる海崎。しかし、その直後、「バツネコ」のスタンプと一緒に、「でも、ありがとう」の言葉が届いた。礼なんて、言われる筋合いはない。今日のことは、日代と狩生の頑張りによるものだ。そうメッセージを眺める海崎の様子を、夜明が写真に撮った。

「何、撮ってる」

「ＪＫにＬＩＭＥをもらって、にやけている被験者です」

「にやけてねえし」

「あとで、ご自分で確認してください」

「あのさ」

「はい？」

「俺が、狩生にかけた言葉は正しかったんだろうか」

海崎は、２本目の缶を開けながら、夜明に尋ねる。

「知ってるだろ、過去、俺に何があったか」

「……はい」

「他人を貶したアイツらは、多分、今も悠々と仕事を続けている。我ながら、キレイ事を吐いちまったなって。——現実は、そう甘くないだろ」

「確かに、キレイ事だったかもしれません。でも、嘘じゃない」

缶ビールの縁に口を付けたまま、一点を見据え聞く海崎。

「思ってもいない言葉を上辺で並べるのがキレイ事かと思います。そうじゃなく、本心の願いから出た言葉なら、いいじゃないですか？　汚い社会を見てきた海崎さんだからこその言葉だなあ、と僕は感心しましたけど」

夜明は、一口ビールを口に含むと、小さく息を吐いた。

「確かに、社会は甘くないのが現実だとは思います。でも人を貶した奴らが上に上がれるようなそんな現実、正しくはないですよね。狩生さんは、まだ学生ですし、あとは大人になったときに、彼女自身が判断するんじゃないでしょうか」

海崎の反応を確認するかのように上目遣いになる夜明。

「リライフ終了後、海崎さんのことは忘れてしまいますが——」

海崎は、何のリアクションもないまま黙っている。

「誰とは思い出せないけど、高3のとき、あんな言葉で叱ってくれた人がいたなあ、と、そこはきっと、彼女の記憶に残り続けるんじゃないかと思います」

「……そうかな」

「まあ、盛大なブーメラン投げてるな、とは思いましたが」

「あ？」

「『人と比べた順位だけが結果じゃない？』周囲との差に焦って、仕事してるフリしてた人がよく言いますわ。『頑張ることを諦めないでくれ？』もう社会はイヤだと、だらだらとフリーターしてた人がよく言いますわ」

瞬間、耳まで赤くなる海崎。

「うっせえ！　自分でも思ったわ、それ！」

「で。……どうです？　リライフ」

「え」

「自分を良い感じで見つめ直せてます？」

「……その、なんでもお見通し感がほんっとムカつく」

夜明は、カンパイ、と言って、海崎の缶に自分の缶をぶつけた。

海崎さん
おかげ様であの後、
狩生さんと話し合い、
いい感じになることができました。
今度は勘違いではなく、本当です。
大変お世話になりました。
ありがとうございました。

ほどなくして、日代からも、ＬＩＭＥのメッセージが届いた。文面は相変わらずお堅いが、これを打っている日代はきっと笑顔なんだろうな、と。そうであればいいな、と海崎は思った。

翌日の昼休み。日代は、いつものように１人で食堂に行き、いつものラーメンを注文した。

〝いただきます〟と手を合わせ、食べ始めると、向かいの席にチャーハンを持った人物が座る。狩生だ。隣には、玉来もいる。

「あの、さ」

「はい？」

「お、お昼。一緒に食べてあげてもいいけど？」

「別に大丈夫です。私、1人好きですし」

だから！と狩生が怒りだす。

「それが、ダメなんでしょ！　変わりたいんでしょ！」

その言葉に、ハッ、となる日代。そうか、友達とはこういうとき、一緒にゴハンを食べるものなのか。みんな、1人でゴハンが食べられないからつるんでいる訳ではないのだ。

「では、お願いします。ありがとうございます」

恭《うやうや》しく頭を下げる日代。

「べ、別に、お礼なんかいいの！　友達なんだから！　普通なんだから！」

2人を見て、玉来が笑いだす。

「あのさあ、2人、なんか似てるよねえ」

「どこが！」

昼ぼっちではなくなった日代を、離れた場所から見守る海崎。その表情には自然と笑顔が浮かんでいる。そんな海崎を、観察する夜明もまた、笑顔で。

リライフ実験報告書　　　担当　夜明　了　被験者　海崎新太

5月2日　懸念していた狩生玲奈と日代千鶴の件だが、海崎新太の働きかけにより両者は和解。今日は、お昼を一緒に食べる様子も見られた。
彼を被験者に選んだのは、自分の功績ではないのだが、彼が№００２で本当によかった、と心から思う一件だった。

――しかし、昼ぼっち問題が解決した日代が、新たな悩みを抱えていることは、まだ誰も知る由がなかった。例の〝もやっと〟のことだ。

「心　ざわつく　もやっと」

このワードで、検索をかけると、最初に出てきた言葉がこれだったのだ。

「もしかして、恋？」

恋……？

日代の心臓が、トクンと鳴った。

まさか、ありえない。――それは、ありえない。

第五章　告白

親戚の葬式のときだったろうか。誰かがこんなことを言っていた。

大切な人が死んだ後、いつまでも悲しんでいてはだめだ。亡き人が、生きている者に何かメッセージを伝えたいと思っても、悲しみで覆われた心では、それをキャッチすることができないからだそうだ。元々、そういう話を信じる質ではなかったが、最近、なぜか、よくその言葉を思い出す。

海崎が、あの人に会ったのは、入社し、配属が決まった直後だった。海崎が入社した会社の仕事内容は、営業が中心だ。院卒ということもあって、同期はほとんど年下で「適当に手を抜いてればいいよな」とさぼること前提の考えとはそりがあわず、かといって、下には厳しいが、同僚には甘い、といった先輩たちにすり寄る気にもならなかった。ただ、給料の対価分は働こうと、1人で黙々と仕事をしていた気がする。そんな自分を面倒みてくれたのが先輩のあの人だ。常に、あの人にくっついて歩く自分に、男性上司が「おい、気を付けろよ」と冗談半分で言ってきたのを覚えている。今思えば、あの頃から違和感はあった。社内で唯一の女性管理職でナンバーワンの営業成績を収めていたあの人は、妬まれ、ひどい嫌がらせと戦っていたのだ。

どんな理不尽な目に遭わされても「大丈夫」と静かに笑っていたあの人。今思えば、あの人の大丈夫は「助けて」だったのかもしれない。

入社1年目の夏。会議の準備でいつもより早く出社した海崎は、社内で首をつって死んでいるあの人を発見した。

――あの日から、もうすぐ1年。

もし、あの人が、今の自分を見たら、一体、なんて言うだろう。

5月。待ちに待ったゴールデンウィークは、母親からの電話から始まった。リライフが始まってからすぐに、海崎は実家に電話をし、仕事が決まったと伝えた。どんな仕事か、詳細はうまくごまかしたが、一種の専門職だと伝えてある。

「だから、帰らんち、言いよろう？　今年は忙しゅうて帰れそうにないち」

電話口で、しつこく帰ってこいという母親に、海崎はそう告げた。

「やけど、アンタ。ゴールデンウィークやで？　仕事休みやろ」

「そうやけど」

「どうせ、彼女の１人もおらんのやろ？　ヒマやろ？」

「しゃーしいわ！」

「母さんがアンタぐらいの歳には、もう結婚して」

「ああ、はいはい。それは、もう聞き飽きたって」

「どうなん。気になる子ぐらいおらんのね」

一瞬、間をあけて、海崎は答える。

「いらん、世話じゃ」

あっはっはと、嫌味たらしく笑う母親は、「まあ、帰ってこれるときは、帰ってきぃよ」と言って、電話を切った。

「だから、帰れないって言ってるだろうが」

海崎は、そう呟いて携帯を置く。高校生の身体となった今、実家になど帰れるはずがない。

「ヒマ、だなあ……」

海崎は、ベッドに寝ころび、天井を眺めた。この格好では、友達と飲みに、という訳にもいかない。海崎は、ふと日代のことを考えていた。

〝どうなん。気になる子ぐらいおらんのね〟

そう母親に聞かれたとき、一瞬、日代の顔が頭をよぎったのだ。

「ありえねえ」

海崎は、ひとりごちる。日代さんが気になる？　ありえない、あってたまるか。最近、ちょっと関わりがあったから、それで浮かんだだけだ。――でも、待てよ。どうせ、リライフが終わったら、自分のことは忘れるんだし、今なら、合法……。海崎は、ベッドから起き上がり、頭をガシガシと掻いた。ダメだ。暇すぎると、ろくな考えが浮かばない。そのとき、意外な人物が、海崎に電話をかけてきた。

「あ、もしもし？　新太？　ゴールデンウィーク、いかがお過ごし？」

「なんだよ、大神。いかがも何も。家いるけど」

「あ、ホント？　よかった。今ね、実は杏ちゃんと一緒でね」

「うん」

「新太の家の前にいるんだ」

「は？」

ゾッとして、玄関ドアを見る海崎。その向こうから大神と小野屋の生の声が聞こえてくる。

「開ーけーてー！」

ちょ、ちょ、と慌てて立ち上がる海崎。部屋の中を見渡す。ビールの空き缶、タバコの吸い殻、ダメだ。とても、高校生の部屋じゃない。

「ちょっと待って。何の用だよ、いきなり！」

「こないだゴールデンウィークは勉強会だって言ったろ？」

そうだよ、と横から小野屋がチャチャを入れる。

「つーか、なんでうちの場所知ってるんだよ」

「実は、杏ちゃんが知っててさ」

「なんでだよ！」

玄関ドアの向こうから、小野屋の声が聞こえる。

「編入手続きで職員室にいったときに、職員室でもう1人編入生がいるよって、天津先生が教えてくれたのー」

おい、俺の個人情報！

「でさ、集まるなら1人暮らしの新太の家がいいってことになって」

「いや、別にそこはファミレスとかでも」

「ダメダメ、連休で混んでるから。長居はできないよ」

ダメだ。全く諦めてくれる様子がない。覚悟を決める海崎。

「10分待って」

海崎は、電話を切り、慌てて部屋の中を片付け始める。とりあえず、ビールの缶とタバコの吸い殻は、それぞれビニール袋に入れて、ベランダに置く。そして、ベッドの上を片付け、タバコの臭いを消すために、消臭剤をふりまいた。

〝よし、こんなもんか〟

海崎は、部屋の中を見渡す。……なぜだろう、まだタバコの臭いがする気がする。海崎は、においの元を探す。自分自身だ。自分が一番タバコ臭い。海崎は、バスルームに行き、来ていた服を全て洗濯機に放り込み、そして、1分でシャワーを浴び、着替えて出てきた。

10分後、海崎は、部屋のドアを開けた。

「お待たせ」

「もう、待ったよ」

待ちくたびれた様子の大神と小野屋は、遠慮なく部屋に入ってくる。

「適当に座って。お茶ぐらいしかないけど」

「あー。ありがと、ごめん。何か買ってくればよかったね」

「いいよ、別に」

冷蔵庫を開ける海崎。しまった、ビールが入っている。

「あ、あたし、手伝おっか」

慌てて、冷蔵庫のドアを閉める海崎。

「いいから、いいから、座ってて」

「そう？」

部屋の中を見回していた大神が「うわ、なにこれ」と驚いたような声を出す。

「何⁉　何か変なもんあった⁉」

海崎が慌ててリビングに戻ると、大神がコンポのそばに置いてあるＭＤを珍しそうに眺めている。

「これ、何？」

「何って。ＭＤだろ」

「ＭＤって、何？」

「え、知らねえの⁉」

小野屋も、大神が持っているＭＤを見て、首をかしげる。

「なんか、情報の授業で見たような気がする」

「ああ、フロッピーディスク？」

「だから、ＭＤだって。音楽が入ってんの、この中に。で、そこにあるコンポで聴くの」

へええ、と、まるで発掘した化石でも見るかのように感心している大神と小野屋。

マジかよ。俺が高校のときなんて、ＭＤが主流だったのに。やはり、見た目は同じでも、こういうところに、10年という隔たりがあるのだ。

「新太君、珍しい物、持ってるんだね」

小野屋に、そう突っ込まれ、慌てる海崎。

「ああ、いや！　実家にあったから、持ってきただけで」

「ふうん」

「俺も、最近はあんま使ってないけどね」

「へえ」

ちゃんと聞いているのかいないのか、小野屋は、海崎の話をニコニコと聞く。

２人のお宅拝見も終わり、飲み物のセッティングも出来、いよいよ勉強会の始まりだ。

「それでは、再試合格目指して、勉強会を始めます！」

「おー！」

盛り上がる大神と小野屋。ノリについていけず、小さい声で「おお」と呟く海崎。

「新太、もっと元気だして！」

「お、おー……」

勉強を教えてくれるのはありがたいが、こっちは、何かボロを出すのではないのかと、気が気でない。もし、ここで、自分が高校生でないことがバレたら、これまでの努力が全て水の泡だ。できるだけ、話が脱線しないようにしなければ。

海崎の心配はよそに、勉強会が一度始まると、２人は驚くほど真面目に勉強に取り組み、逆に、若い２人のペースに合わせなければならない海崎が集中力を欠く結果となってしまった。

「あー……疲れた……」

開始2時間で、そう音を上げる海崎。

「新太、集中力なさすぎ」

「でも、ほら、できた」

海崎は、大神に指定された範囲の問題集の解答を見せる。どれどれ、と、内容を確認する大神。

「新太、ホント、よく、青葉に入れたよね」

「え？」

「うち、そこそこの進学校だよ？　この学力で入れるとはとても……」

「し、失礼な！」

「いや、失礼とか、そういうレベルの話じゃなくて、マジで」

不審な目で海崎を見る大神。やばい、まさか自分のバカさ加減が、足を引っ張ることになろうとは。

「まー。それを言ったら、あたしもだし。今年の編入試験は、簡単だったのかも」

「そうだったのかなあ」

杏、ナイス。よかった。つくづく、バカがもう１人いてよかった。気づくと小野屋は、携帯をいじっている。

「杏ってさ、よく携帯いじってるよね」

え、と顔を上げる小野屋。

「あー、俺もそう思ってた」

「大神君も？」

「うん。昼休みとか、よくさ」

「ああ、そうかな」

へへ、と笑う小野屋を見ながら、今の子はスマホがあって便利だな、と思う。昔は、携帯なんかなかったから、友達の家に電話しては、家の人が出たりして、苦労したよな。携帯だって、最初は画面が白黒で、パケホなんてないから、メールも文字数で料金が違ったり、1日何通、なんて考えながら打ったり。……こうやって考えると、今ってすごいよなあ。――などと、おっさんあるあるで、浸っている場合ではない。大神と小野屋は、もう次の話題に移っている。

「でさ、そんなに誰とやりとりしてんの」

「えー、そこ突っ込んじゃう？」

「何、彼氏？」

「やだ、新太君、セクハラ」

「セクハラ⁉　ごめん、いや、そんなつもりじゃ」

小野屋は、冗談、と笑いながら、前の学校の友達とかだよ、と答えた。

「やっぱり、まだこっちに来たばかりだし。前の学校とか恋しくて。ついつい携帯ばっかり見ちゃって」

ふと、寂しさをのぞかせる小野屋。

「……ごめん、変なとこ突っ込んじゃって」

　小野屋は、心配そうに自分を見つめる海崎と大神の視線に気づいて、全然平気！と笑顔に戻る。

「あたしこそ、ごめん！　こっちの生活もおかげですごく楽しいんだよ！　誤解しないで」

　元気に振る舞う小野屋を見て、海崎は、そりゃそうだよな、と思った。急な転校となったら、前の環境も恋しいはずだ。小野屋は、いつも明るいから、見逃してしまいそうになるが、きっと、人には分からない苦労もあるのだろう。同じ編入生といっても、海崎とは、全く事情が違うのだ。しかし、海崎の心配をよそに、小野屋は大神のプライベートに興味津々の様子だ。

「ねえねえ、大神君、私服のカーデは普通に着るんだね」

「え？」

「ほら、制服のカーデは、ゆるっと着てるじゃない？」

「――ああ、あれ？　あれ、兄ちゃんのおさがりなんだよね」

　弟の耳に無理やりピアスの穴をあけた大神の兄も、元々は青葉に通っていたらしい。

「兄ちゃんのほうが、身体でかいからさ。それに、伸びちゃって。ゆるゆるなんだ」

「確かに、大神君、細いもんねえ」

海崎も、改めて、私服姿の大神をまじまじと見つめた。

「確かに。身体、薄いよな」

「何が言いたいんだよ」

「そりゃ、ボールも2メートルしか飛ばねえわ」

「1メートルに言われたくないわ！」

「まあまあ。それでも、大神君は、モテモテだからね」

「だな、男の俺が見ても、イケメンだなって思うし」

「ちょ、なんだよ、急に？」

ふうう、とため息をつく海崎と小野屋。

「早く付き合っちゃえばいいのにねえ」

「全くですなあ、この鈍感クソ男」

「待ってよ、なんの話⁉」

海崎と、小野屋は真顔で大神を見つめる。

「大神君が、彼女作ってくれたら、あたし……再試合格できそうな気がする」

「俺もだ」

「もう、だから何の話だよ！」

キーッと怒り出す大神。

「だから、そうやって、すぐ脱線する！　頼むから、ちゃんと！　集中して！　勉強して！　合格して！」

「はあーい」

「なんだよ、そのやる気のない顔は！」

海崎と小野屋が、大神の恋愛をさんざんいじって、大神がキレる。それを適当に受け流す2人。これが、最近の定番のパターンだ。海崎は、笑いが止まらない。

〝なんだかんだ、楽しいな。こういうの〟

付き合いだから仕方なく、でもなく、見栄を張りたいから、でもなく、ただ、何も考えずにしゃべりたいときに、しゃべって、黙りたいときは黙る。息の詰まらない間柄って、いつぶりだろう。友達だ、なんて、10も年上の俺が、厚かましいかもしれないけれど――。

その後、本気を出した大神に、こってり勉強を叩きこまれた海崎と小野屋。気づけば時刻は午後4時を回っていた。大神は、やれやれ、といった様子で参考書をしまう。

「これで、何とかなりそうかな」

頭を使いすぎて、ぐったりしている小野屋と海崎。

「大神、普段、こんなにぶっ通しで勉強してんの？」

「何言ってんの、このぐらいで」

「やっぱ、あたしたちとは次元が違うわ。……すごい」

「だって、そろそろ合格しないと本気でやばいよ」

「え、なんで？」

「確か、再来週には中間テストだよ？」

——はい？

海崎と小野屋は、ここで自分たちが置かれている深刻な状況に気づいた。

「ちょ、ちょっと待って。それでまた赤点あったら？」

「当然、また再試だと思うけど」

「この前の再試もやってるのに？」

「うん、そこは、自己責任だよね……」

「マジかよ……。再試無限ループじゃねえか」

「回避しようって気はないの？」

「新太君、これ、貸して？」

小野屋は、海崎の部屋に置いてある卓上カレンダーを手に取り、今後のスケジュールを確認し始めた。再来週が中間試験ということは、来週には再試に合格しないと、本当にキツいこととなる。

「大神は、自分の勉強はしなくていい訳？」

「うん、まあ……まさか、ここまで長引くとは思わなかったけど。でも、教えるって言ったからには、最後まで責任とるよ」

「お前、本当いい奴だな。……なあ、杏？」

海崎は、急に静かになった小野屋を見る。小野屋は、カレンダーをめくり、海崎の過去のスケジュールを見ようとしてる。3月あたりは、「最終面接」だの「履歴書提出」だの、就活の記録が書き込んである。海崎は、咄嗟に、小野屋からカレンダーを奪い返した。その必死な様子に驚く大神と小野屋。

「ど、どうした、新太。急に」

海崎は、カレンダーを奪い返した体勢から、大きく振りかぶって、思い切り壁に投げつけた。

「今、壁に虫がいた！」

無理くりな言い訳をして、ごまかす海崎。小野屋は、「虫ヤダ！」と騒ぎ出す。

「新太、ベランダ貸して」

「なんで？」

「電話かかってきた」

ベランダはダメだ。ビールの空き缶やら、タバコの吸い殻がまとめておいてある。

「ダメ！　ベランダは絶対ダメ！」

「なんでよ」

「洗濯物、干してあるから！」

「そんなに過激なパンツ穿いてるの？」

「パンツは関係ねえよ、普通だよ！　いいから、早く出ろよ、切れるだろ！」

分かったよ、と大神は玄関先に向かって電話に出る。海崎は、部屋の隅に座っている小野屋と目が合う。意味ありげに、ニッコリとほほ笑む小野屋。もしかしたら、カレンダーの内容を見られてしまったかもしれない。ゾッとする海崎。何気ない日常も楽しいな、なんて思ったが、やっぱり、家はダメだ。思わぬところでボロがでる。

〝早く帰ってもらわなければ〟

海崎がそう思っているところで、思わぬ事件が発生する。

海崎新太　5月4日　午後4時30分

「ごめん。俺、バイト行かなきゃならなくなった」

コンビニでバイトをしている大神が、携帯で急遽、呼び出されたらしい。

「やっぱ、ゴールデンウィークだし、人手ちょっと足りないみたい」

「コンビニだっけ？」

「うん」

「頑張るね、平日も結構シフト入ってない？」

「ごめんね。いつも勉強会抜けちゃって」

「ううん。頑張ってね。いってらっしゃい」

「いってきます。2人は続き、頑張ってね」

やりとりを見ていた海崎は〝ん!?〟となる。小野屋はここに残るのか!?　慌てて、海崎は、玄関に向かう大神を追いかけると、小声で話しかける。

「おい、大神！　杏もつれて帰れよ」

「なんで？　まだノルマ残ってるじゃん」

「そこは置いといて！　ほら、まずいだろ。1人暮らしの男の家に女の子が1人で、とか」

「なんで？」

海崎は、大神の両肩を掴んで前後に揺する。

「お前の頭は、本当に男子高校生か？　なんなんだよ、そのピュアさは！　驚きの白さ！」

この際、男の邪な思い、などどうでもいい。とにかく、小野屋にも帰ってほしかった。2人きりになったら、もうどう対処していいか分からない。しかし、鈍感キング大神は、さっさと玄関から出て行ってしまう。

「よく分からないけど、俺、急ぐから。じゃあ、またね」

「大神！」

バタンと閉められたドアの前で、茫然と立ち尽くす海崎。さて、どうしたものか。とにかく、この状況はまずい。なんとか上手く、小野屋に帰ってもらわなければ。海崎は、恐る恐るリビングに戻る。床にペタッと座った小野屋は、海崎を見て眼鏡の奥の目を細めて笑った。

「あのさ、杏は、まだ帰らなくていいの」

「うん、大丈夫」

小野屋は、大神が置いていった問題集を開きながら、ぽつりぽつりと話をする。

「優しいよね、大神君」

「え」

「自分の勉強もあるのに、でもって、バイトもしなきゃいけないのに、こんなにあたしたちに一生懸命教えてくれて」

「……うん」

「新太君」

「ん？」

「絶対、合格しようね。頑張ろ」

どうやら、正体がバレるのなんだのと、バタバタしていたのは、自分だけだったと、海崎は思った。大丈夫だ。小野屋は、いつも通りの小野屋だ。海崎は、そうだな、と答えて、シャーペンを握った。小野屋の言うとおりだ。そろそろ、大神の苦労にも報いてやりたい。２人は、また向かい合って、問題集を解き始めた。

「そうだ、新太君」

「ん？」

「結局、さっきのカレンダーって、何だったの」

パキッとシャーペンの芯が折れる。

「……え？」

「突然、取り上げられて、しっかりは見えなかったけど。面接とか、履歴書とか、妙な予定が色々書いてあったよね」

「……」

「あれ、何？」

——焦るな。海崎は、頭の中で最悪の状況を回避する方法を考えた。

「バイトのこと、かな」

「バイト？」

眼鏡の奥の小野屋の瞳が、海崎を見据える。……怯むな。続けろ。

「編入前の春休み、俺もバイトしてたから。それの予定じゃないかな」

小野屋は、ふうん、と三つ編みの毛先を気にして触る。

「新太君、もしかして、コンビニでバイトしてた？」

え、と小野屋を見る海崎。フリーター時代、コンビニでバイトをしていたのは事実だ。なんだろう。小野屋は、何を探ろうとしているのか。ここは下手にごまかさないほうがいい。

「ああ、よく分かったね。そうだよ、コンビニで」

そこまで言いかけると、小野屋はパッと明るい笑顔になった。

「やっぱり！」

「え？」

「あたし、去年、バイトしてる新太君と会ってるんだよ？」

「え、え⁉」

小野屋は、んー、と記憶を探りながら、三つ編みをほどき始めた。

「確か、冬、だったかなあ」

眼鏡を外す、小野屋。

「ほんの数回なんだけど」

小野屋は、髪を下ろし、眼鏡を外した顔を海崎に見せる。

「見覚え、ない？」

ジッと小野屋の顔を見つめる海崎。

「……ごめん」

「――やっぱり？　だよねえ。毎日、何人と来る客の1人なんて、覚えてないよね。結構、印象に残るような買い物してたんだけどなあ」

海崎の鼓動が速くなる。

〝嘘だろ、去年会ってるって。てことは――〟

小野屋は、身を乗り出して海崎の顔を覗き込んできた。

「あのとき見た、新太君、もっと年上かなって思ってたんだけど」

〝やっぱり、杏は、本来の俺と会ったことがあるんだ〟

額に汗をにじませながら、海崎は、この局面を切り抜けようと話を合わせる。

「コンビニの……制服が、大人っぽく見えたとか、かな？」

「えー？　そんなことある？」

小野屋は、無邪気にあはは、と笑う。そして、ひとしきり笑った後、そんなことはどうでもいいや、という風に呟く。

「むしろ、ラッキー」

小野屋は、警戒を解いた子猫のように、じりじりと海崎のそばに近づいてくる。

「同い年で、同じ学校で、同じクラスで。再会できて、すごく嬉しい。運命みたい」

今までにないほど、小野屋の顔が、海崎の顔のすぐ近くにある。

「あたし、新太君に、一目惚れだったの」

「はっ……あ？」

まさかの展開。みっともない。10も年下の子に告られて、顔が赤くなっているのが我ながらよく分かる。中身は、いいおっさんのくせに。小野屋は、自分の胸元を触ってみせた。

「だから、今、こうして2人きりで、すごくドキドキしてる。……ねえ、新太君。新太君は、あたしと2人きりで別に何ともない？」

小野屋は、海崎の顔を覗き込む。

「ドキドキ、しない？」

なんというか、キャパ越えだ。もう、自分がどうすればいいのか、判断がつかない。

「あのさ、杏。待って。ちょっと、ごめん。色々と急すぎて、頭が全然回らない」

小野屋は、くす、と笑って海崎の顔を指さした。

「顔、赤くなってる」

「――そりゃ、そんなこと言われたら赤くもなるよ」

「それは、脈アリってこと？」

「いや、そういうことじゃなくて」

「そういうことじゃないんだ……」

分かりやすく、しょぼん、となる小野屋。

「いや、その……」

ああ、もう。何をどう説明すればいいんだ。困っている海崎を見て、小野屋は、くすくすと笑う。

「優しいよね、新太君。新太君が、バイトしてるコンビニ行ったときもそうだった。覚えてる？　お財布忘れたお客さんがいて、新太君、わざわざ店の外まで走っていって届けてあげたの」

「……そんなこと、あったかな」

「その後、お店に戻って、店長さんに勝手に店からいなくなるなよって怒られてた。でもお客さんのことを言い訳にしないでスミマセン、って。普通、そこまでしないよ。あのとき、あたし、わあ、優しそうな人だなって。そこから惹かれた。何度か店に行ったんだけど、分かったのは、海崎さんって名前だけ。でも、青葉で再会できたときは、すごくびっくりした、嬉しかった。知れば知るほど、やっぱり新太君は、思った通りの人で、優しくて、すっごく周りのことを見てて。そんな新太君のことをあたしは、ずっと見てた」

小野屋は、海崎の前にぺたん、と座り込む。

「この前、学食で日代さんを誘おうとした大神君を止めたの、あれも、近くにいた狩生さんのことを思ってでしょ？　よく気が回るなあって、感心した。そして、今もすごく、あたしを傷つけないように気を遣って優しい言葉を探してくれてる」

「別に、そんな」

「新太君。今、好きな人はいる？」

頭の中に、日代がまた浮かぶ。だから違うって、と打ち消す海崎。

「――いないよ」

「なんか、間があったなあ」

そう言いながら、小野屋は右手で海崎の胸元に触れ、更に顔を近づけてきた。

「じゃあ、あたしが新太君の彼女になりたいですって言ったら、アリ？　それとも、ナシ？」

「杏、近い……」

「今すぐの話じゃなくて、いいの。可能性の話でもいいの」

海崎の胸に触れていた小野屋の小さな手が、頬に触れてくる。

「新太君。……好きなの」

小野屋の桜色の唇から漏れる吐息が、海崎の口元に伝わってくる。

「杏……」

海崎は、小野屋の両肩を力強く掴むと、その身体を大きく引き離した。驚いて海崎を見つめる小野屋。

「ダメだよ、杏。こんな風に男に迫っちゃ。もっと自分を大事にしなきゃ」

何が合法JKだ。いざ、こうなってみると、理性のほうが働いてしまう。そのとき、バンと玄関のドアが開く音がした。そして、廊下をバタバタと走ってくる音がする。

「なっ……!?」

あまりの勢いに、言葉がでない海崎。この場に、夜明が乗り込んできたのだ。ずっと走ってきたのか、汗だくで息を切らせている。

「なんで、夜明さん……。ていうか、俺、カギかけてたはずですけど」

「大丈夫です。カギを壊した、とか、そういうんじゃないんで」

夜明は、ご心配なく、と合鍵を差し出した。

「ちょ、合鍵とか！　聞いてねえぞ！」

小野屋は、戸惑ったように海崎と夜明を交互に見つめる。

「え、え？　同じクラスの夜明君、だよね」

小野屋は、ドン引きした様子で海崎に尋ねる。

「2人は……合鍵を渡すような仲だったの？」

「違う！」

ただでさえ、厄介な状況なのに。どう説明すればいいんだ、と海崎が思っていると、夜明が突然、小野屋の頭をガシッと掴んだ。

「もう、これ以上は見逃せないよ。――小野屋」

小野屋は、冷めた目で夜明を見つめる。

「え、ちょっと待って。夜明さん、何、女の子の頭つかんでんの？　杏と、そんなに仲良かったっけ？」

小野屋も、本当だよね、と自分の頭をつかむ夜明の手に触れた。

「話すの初めてなのに、イキナリ呼び捨て？　しかも、何？　この手。離してよ」

夜明は黙ったまま、小野屋の頭に乗せた手を離す。

「あっ。もしかして、新太君を取られそうになったから、それで怒ってるの？　やっぱり、そういう仲？」

「どういう仲だよ！」

「しかも、なんでこんな良いタイミングで入ってきたの？　こわーい。盗聴器とか、仕掛けられてるんじゃない？　新太君」

それは、ありえそうで海崎が否定できずにいると、夜明が静かに口を開いた。

「被験者への過度な干渉はＮＧ」

「え、どういうことだよ。夜明さん？」

海崎の問いかけにも答えず、夜明は小野屋に向かって厳しい口調で話しかける。

「何度言っても、聞かない。毎日、一緒に昼を食べ、わざとテストで悪い点を取り、再試に付き合い、挙句、ついに家にまで押しかけ、何襲おうとしてるんだ。……悪ふざけが過ぎるぞ、小野屋」

怖い。こういうときの夜明は、本当に怖い顔をする。

「何言ってるんだよ、夜明さん」

海崎が、そう尋ねると、小野屋があーあ！と残念そうな声を出した。

「なんで、バラしちゃうんですか。夜明先輩」

小野屋は、たった今、海崎の口元に近づけていた桜色の唇をニコッとさせて、カバンの中から名刺を差し出した。

「どうも。リライフ研究所。サポート課の小野屋杏と申します。改めて、よろしくお願いします。海崎新太さん」

夜明　了　5月4日　午後5時00分

ゴールデンウィークに入り、夜明は、ここ1ヶ月の海崎の報告書をまとめ上げていた。途中経過も、何度か上に送ってるが、被験者№002の海崎の評判は、上々だ。このままトラブルがなければ、夜明にとって初の成功サンプルとなるだろう。しかし、夜明は、これまでに収集した海崎の画像を一つ一つ確認する。そこには、必ずといっていいほど、小野屋の姿が映りこんでいた。研究員が2人いることは、海崎には隠し通すつもりでいた。それが、小野屋は、最初から、異常なほど、海崎と接触し続けている。校内で、何度「あまり接触するな」と注意をしても、小野屋はそれを止めなかった。「嫌がらせか」と夜明は小さく呟く。実は、リライフの被験者候補として海崎を見つけ出したのは、小野屋だったのだ。本来であれば、小野屋がそのまま担当になるはずだったが、いわゆる〝会社の都合〟で夜明に覆ってしまったのだ。まあ、その都合を発動させてしまったことは、夜明にも原因があるのだが。

デスク横に置いたタイマーが鳴る。被験者の状態観察の時間だ。状態観察。その必要頻度は、被験者にもよるが、1日のほんの数分で構わない。被験者に異状がないことを確認するサポート課職員の職務のことである。……と、色々書いたが、簡単に言うと、盗聴だ。夜明は、本部に電話をかけ、オペレーターに手続きを依頼する。

「お疲れ様です。サポート課、夜明です。状態観察のため、被験者No.００２の海崎新太の携帯電話盗聴機能の使用を許可願います」

電話の向こうから、少々お待ちくださいと声がする。このことは、海崎にも、話していない。被験者のためとはいえ、どうも気が引ける作業だ。

「接続成功しました。つなぎます」

「ありがとうございます」

オペレーターが接続すると、夜明の携帯に海崎の携帯のマイクが拾う音声が聞こえてきた。静かなところをみると、室内。恐らく自宅だろう。夜明は耳を澄ます。紙に、何かを書き込む音が聞こえてきた。ほう、と感心する夜明。真面目に自宅で勉強しているのか。夜明が安心して接続を切ろうとすると、突然、女の声がしてきた。

「そうだ、新太君」

「ん？」

「結局、さっきのカレンダーって、何だったの」

驚いて立ち上がる夜明。小野屋の声だ。

〝一体、どういう状況なんだ……⁉〟

夜明は、ジャケットを羽織ると、すぐに表に飛び出していく。走って海崎の部屋を目指しながら、部屋の中の様子の音声を聴こうとするが、アラーム音と共に、アナウンスが流れる。

「盗聴機能の使用時間が5分を超えました。これ以上はプライバシーの侵害とみなし、一旦、接続を中止します」

夜明は、急いで延長の手続きの電話をかける。GPSによると、海崎は間違いなく自宅の部屋にいるらしい。もどかしい。一体、何が起きているのか。夜明は気が気じゃなかった。


盗聴機能が復活したのは、それから3分後のことだった。夜明は、最寄り駅から電車に飛び乗り、部屋の中の音声を聴いていた。

「今、こうして2人きりで、すごくドキドキしてる。……ねえ、新太君。新太君は、あたしと2人きりで別に何ともない？　――ドキドキ、しない？」

〝……また、随分とベタな方法で〟

小野屋の意図は分からない。まあ、合意の上であれば、そもそも違法でもなんでもないのだが。ただ今後の研究に支障が出るのは困る。……まあ、海崎はなんだかんだで、そういうことはできない人だが。

「あのさ、杏。待って。ちょっと、ごめん。色々と急すぎて、頭が全然回らない」

「顔、赤くなってる」

夜明は、電車を降り、ひたすら海崎の家を目指した。階段を駆け上がり、合鍵でドアを開け、2人がいるリビングを目指した。まるで、警察のガサ入れだ。

「なっ……!?」

汗だくで駆け込んできた夜明を見て、唖然とする海崎。

「なんで、夜明さん……。ていうか、俺、カギかけてたはずなのに」

「大丈夫です。カギを壊した、とか、そういうんじゃないんで」

「ちょ、合鍵とか！　聞いてねえぞ！」

小野屋は、夜明を見て、一瞬、小悪魔的に笑ったが、まだ小芝居を続けようとする。

「え、え？　同じクラスの夜明君、だよね。2人は……合鍵を渡すような仲だったの？」

いい加減にしろ、と夜明は、小野屋の頭をガシッと掴む。

「もう、これ以上は見逃せないよ。——小野屋」

海崎新太　×　夜明　了　×　小野屋杏　5月4日　午後5時45分

「さて。きっちり説明してもらおうか」

海崎は、自分の目の前に夜明と小野屋を座らせた。

「一体、何の冗談なんだよ」

海崎は、小野屋がしきりに携帯をいじっていたことを思い出す。

「あ、今、思えば、あれか。普段、携帯いじってたのも」

小野屋は「そうそう」とクイズに正解したかのように底抜けに明るくはしゃぐ。

「前の学校が恋しいとかの話も全部、演技で。本当は、しょっちゅう夜明先輩に『海崎さんに近すぎ』ってLIMEで怒られたり、仕事関係でいじってただけです」

「俺のしんみり、返せよ」

海崎は、しげしげと小野屋を見つめ、尋ねる。

「……で、本当はいくつなんだよ」

「永遠の17歳ダゾ☆」

「女じゃなかったら、ぶん殴ってるからな」

小野屋は、あはは、怖い、と笑いながら、正直に自分の年齢を告げた。

「今年27歳です。海崎さんの、1つ下ですね」

「ん？　てことは、夜明さんはいくつなんだ？　杏の先輩なんだよな」

「あれ、言ってませんでしたっけ。海崎さんと同じですよ。今年28になります」

「タメだったのか！」

「知ってて、タメ口なのかと思ってました」

「いや、知らねえよ。そっちが敬語でくるから、てっきり年下かと」

小野屋は、全く悪びれた様子もなく、研究員の口調で話しかけてくる。

「まあ、騙す形になったのは悪かったですけど、今後のための良い練習になったんじゃないですか？　今後、本物のＪＫに迫られても、うまく対応できそうですね！」

〝ですね、じゃねえよ！〟

とっても、紳士的でした、と、イラつく海崎の目の前で手を叩いてはしゃぐ小野屋。

「あ、でも。あのカレンダーの切り抜け方。あれはないですね」

状況を見ていない夜明が、カレンダー？と尋ねる。

「はい。過去の就活などの予定をあたしに見られそうになったところ、それを無理やり奪って、『壁に虫が！』とか言って、ぶん投げてました」

うわあ、と笑いだす夜明。

「それは、ひどい不自然さだなあ。そこはもうちょっと、うまくやってください」

「しょうがねえだろ、咄嗟に！　つうか、アレも俺、すっげえ、焦ったんだからな。寿命が縮まる思いだったんだからな！」

ふうう、と頭を押さえて、ため息をつく海崎。

「ああ、もうヤダ。疲れる。サポート課って、ふざけた奴しかいねえのかよ」

「失礼しちゃうなあ」

夜明と小野屋が、ニコニコしたまま、シンクロして答える。

「てか、似てるんだよ、お前ら！　ニコニコと人を弄びやがって！」

別にふざけてないですよ、と小野屋が言う。

「今日のだって、真面目な実験の一環です。リライフの研究所は他にも全国数ヶ所あって、その各部署から実験報告書があがって多くのサンプルデータが集められているんですが『自分に関する記憶が消される』のをいいことに、それを悪用しちゃおうって被験者がたまーに、いるんですよね」

「悪用？」

「はい。例えば、それを利用して女子高生と遊んでやろう、とか。そんなのは、まだかわいいほうで。無差別にひと暴れしてやろう、とか、社会人時代に嫌がらせを受けた同僚や上司を殺してやろう、とか。ごく稀ですけど、そんなことを企む人もいるんです」

ここで、海崎がわずかに反応したのを、夜明は見逃さなかった。

「もちろん、こちらとしても、そういう人を選ばないよう気を付けてはいますが、万一、被験者がそういった危険人物だった場合、何かが起きる前に実験を中止する必要があります。記憶は消せても、起きてしまった事件は消せませんせん」

「それで今日は、信用しつつも、海崎さんの人間性をちょっとだけ試させてもらったって訳です。スミマセンでした」

そう言いながら、申し訳なさそうにほほ笑む小野屋。海崎は、不本意ながらも納得する。

「じゃあ、もし俺がさっき、杏の誘いに乗ってたら、実験中止になってたってことか？だから、夜明さんが止めに？」

夜明が、いえいえ、と会話に入ってくる。

「前にも言った通り、普通に恋愛していただく分には構わないんですよ。そこは、誤解なきよう」

夜明は、隣に座る小野屋を見る。

「僕は、海崎さんを、というよりは、小野屋を止めにきたんです。ほんっとに、この困った後輩は、何考えているか分からなくて、いつも勝手な行動で困らされて。――ねえ、小野屋？」

小野屋も夜明を見た。小野屋には分かる。かなり怒っているときの夜明の目だ。

〝うわあ、めっちゃ怒ってるう〟

「最悪、実験中止も無くはない、と慌てて来ちゃいました。こいつ、電話とかじゃ、絶対、無視しますし。それで突然、部屋に駆け込んでしまって。驚かせてしまい、スミマセンでした」

「……要するに、やっぱ、場合によっては危なかったってことかよ」

「まあ、可能性は低いですが。そうですね、例えば、誘いに乗ったところで、今度は小野屋が嫌がり出して、でも、海崎さんの歯止めがきかなくなって、もう、止まらなくて、結果無理やり……！とかなってたら、ちょっと審議だったかもしれませんね」

あまりの生々しさに、咳込む海崎。

「しねえよ！」

小野屋は、さすが、とほほ笑む。

「あたしが選んだ被験者だけあります」

驚いて小野屋を見る海崎。そして、夜明。

「小野屋」

話を制止しようとする夜明を無視するように、小野屋は話を続ける。

「さっきの告白の内容だって、嘘だって言いましたけど、あながち全部が嘘じゃないんです。被験者候補の資料を見て、一目惚れをしたのは事実ですし、去年、コンビニで見かけたのも事実です」

〝頼むから、それ以上はもう話すな〟と小野屋を見る夜明。

「本当は、海崎さんの担当。あたしがするはずだったんです」

夜明の静かな怒りを感じる。しかし、小野屋は気にせず話を続ける。

「海崎さん。青葉の成績、正直、合ってないでしょう」

「う、うん」

「本当は、あたしが研修していた別の高校に通ってもらうはずだったんです。去年からずっと下調べをして観察もして、リライフ生活をできる日を楽しみにしていました」

「小野屋、もうやめろ」

「それなのに」

「小野屋！」

小野屋は、少し間が空いた後、へへへ、と笑いだす。

「あたしったら、1年で研修クリアできなくて」

安堵する夜明。小野屋は、ぎりぎりのところで秘密の暴露を回避してくれた。

「研修がクリアできなかった？」

「そうなんです。さっきからばらされたくなさそうでしたけど、夜明先輩もなんですよ？　最初に聞きませんでした？　青葉で2年研修してたって」

「ああ、聞いたな。そういえば」

「本当は、研修期間は1年なんですけどね。まあ、この歳で勉強とか体力面とか、高校生に追いつくのはなかなか大変で。それにほら、世代の差がありますし。違和感なく今どきの高校生やれるようになるのは、結構、時間がかかるんですよ」

ね、と小野屋は夜明に同意を求める。本当に何を考えているのか分からないやつだが、ここは話を合わせておいたほうが得策だ。じゃなきゃ、次は何をやりだすか分かりやしない。夜明は、そうなんですよ、と言いながら、小野屋の後頭部をポンと叩いた。

「なので、小野屋は、今、研修2年目留年中。僕が代わりに、海崎さんの担当を引き受けて、担当の仕事を近くで見ておいたほうが小野屋の今後のためになるだろう、と、僕と海崎さんと同じクラスに編入、ということになったんです」

夜明は、小野屋の後頭部に触れた手に力をこめる。

「近すぎるけどね、本当に。大概にしてね」

「あははは、いたた、先輩！　スミマセン！」

必要なことを話すだけ話すと、まあ、そういう訳で、と、夜明と小野屋は、目の前の海崎に土下座した。

「今日は、色々スミマセンでした」

「今後とも、よろしくお願いします」

いきなり、あらたまる2人に、お、おう、と声をかける海崎。

「てか、やめろよ。俺、そこまで怒ってないから」

困惑する海崎の目の前で、頭を下げながら、小野屋を見る夜明。小野屋は笑顔でウインクをしてくる。その態度にイラつきながらも、夜明は、心の中で海崎に謝り続けた。

〝すみません、海崎さん。また、半分本当で、半分嘘をつきました――〟

夜明　了　×　小野屋杏　5月4日　午後8時00分

海崎の部屋からの帰り道の公園で、夜明と小野屋は、2人きりで話をしていた。

「先輩、怒ってます？」

「怒ってないと思う？」

小野屋は、へへ、と笑ってごまかす。

「しゃべりすぎなんだよ。どこまで話すのか、もうヒヤヒヤで……」

「あはは、慌ててる先輩、面白かったです」

うん、と微笑む夜明。しかし、目は笑っていない。

「……結局、なんなの、今日の一件。海崎さんの人間性を試した？　よく言うよね。そういうのは、去年の候補段階で見ておくべきことで、さんざん調査したはずだし。実験が始まったら、極力、観察に徹するのが決まり。高校生活の中で、被験者が何を感じて、どう考えて、どう動くか、どういう変化があるかを見るための実験なのに。俺ら職員が揺さぶっちゃ、意味がないって、何度も――」

夜明の話を小野屋が遮る。

「そうやって、決まりに従ったせいで、先輩は№００１のリライフを失敗させたんじゃないですか」

夜明は無表情のまま、一点を見つめている。

「担当として、もっと深く接してあげればよかった。もっと、助けてあげればよかったって、後悔はないんですか？」

夜明は、ベンチに触れる指先をトン、と叩いて鳴らす。

「……あたしは、嫌です。自分の初めての担当被験者。……その予定だった人になっちゃいましたけど、絶対に、リライフしてよかったって思ってもらいたいです。成功させたいんです。担当外されましたけど、やっぱり、関わりたいんです。クラスメートのフリじゃなく、ちゃんと、職員として」

小野屋は、ギュッと両手を握りしめる。

「それで、つい。……出過ぎた真似を」

夜明は、指をトントンと鳴らしながら、ゆっくりと答える。

「別に、後悔なんて、ないよ」

小野屋は、首を動かさず、そっと視線だけで夜明を見た。

「どういう変化があるかを見るためだけの実験なんだから。変化なしでした、って結果もひとつのサンプルだし。——あれが、№００１の選んだリライフだったたってだけだよ」

風が、吹いてきた。小野屋は、穏やかな口調でそうですね、と答える。

後悔していないなんて、きっと嘘だ。いつも余裕な夜明が悩んだときにだけ出る、指をトントンと叩く癖。それが、全てを物語っている。

「でもさ」

「はい？」

「成功させたいって思いは、俺も一緒だよ」

夜明は、いつもの優しい笑顔に戻っていた。

「実績なくて、担当取られて俺のこと嫌いかもしれないけど、そこは信頼してよ」

小野屋は、唇を尖らせつつも、素直に、はあい、と答える。

「……なにその嫌そうな顔。今日の件、上に全部報告して、始末書書かせようか？」

「ひどい！　パワハラ！」

「ひどいのは、どっちだよ。人の被験者にセクハラして」

「元は、あたしの被験者です」

「ああ、はいはい」

さてと、と夜明は立ち上がる。

「帰りますか」

「うん。連休明けの準備しないと。色々あるからね、きっと。これからも」

「……ですね」

「じゃあ、また学校で」

「はい」

夜明と小野屋は、その場で離れて、それぞれの自宅に戻っていく。夜明は、その途中、初めて海崎に声をかけた道に差し掛かった。無職であることを知られたくなくて、わざわざスーツに着替えて、友達と飲みに行っていた情けない男。その彼が、今、高校生の中に混ざって日々奮闘している。彼は、変わったんじゃない。あの強さは、元々彼の中にあったのだ。

「大丈夫。きっと、大丈夫」

夜明は、そう小さく呟いた。

リライフ実験報告書　　　担当　夜明　了　被験者　海崎新太

5月7日　ゴールデンウィーク中、残りの連休も大神和臣（被験者の友人）と小野屋杏（サポート課職員）で勉強会を行った結果か、海崎新太は、4度目にしてやっと再試を合格した。

再試とはいえ、本来の学力を上回る高校でのこと。努力の賜物《たまもの》と言えるだろう。

小野屋杏の勝手な行動には、困ったものだが、職員であることを明かしたことで環境が変わり、今までとはまた違った日々が見えてくるのかもしれないと思うとそれは、それで少し、楽しみにしてしまっている自分がいるのも事実だ。


5月って、こんなに暑かったっけと、海崎は、額ににじみ出る汗を感じながら、学校に続く上り坂を歩いていた。時折、知った顔が海崎を見て「おはよう」と声をかけてくる。海崎も「おはよう」と挨拶を返す。前を見ると、2つに結わえたおさげ髪の後ろ姿が見えてくる。日代とも、だいたい似たような時間に遭遇するようになった。

「おはよー、日代さん」

「海崎さん、おはようございます」

日代は、最近、狩生と玉来のことを話すことが多くなってきた。どうやら、順調に友情を育んでいるようで、何よりだ。ゴールデンウィークが明け、なんとか追試合格し、海崎の日々は、なんというか、とても穏やかだった。こんなに平和でいいものなのか、と海崎がしみじみしていると、突然、背後から小野屋が抱きついてきた。

「新太君！」

うわ、と驚く海崎。

「杏！」

「おはよー！　日代さんも、おはよう！」

日代は、なんだか見てはいけないようなものを見た顔をして小さく「おはようございます」と囁く。

「ねえ、また新太君ち、行っていい!?　ゴールデンウィーク、楽しかったあ」

「え!?　あ、ああ！　大神と一緒にね。勉強しにね」

日代に誤解されまいと、しがみついてくる小野屋に小声で話しかける海崎。

「離れろよ！」

「そんな、邪険にしないでくださいよ」

「うっせえ、ババア！」

「怒りますよ?」

そこに、はいはいはい、と夜明が歩いてくる。

「小野屋さん、おはよう。ちょっといいかな」

「え、なんなの、ちょっといきなり」

夜明は、海崎と日代ににっこりとほほ笑む。

「ごめんね、邪魔して。この子、俺の友達だから。ちょっと借りてくね」

「はい」

そう言うと、夜明は小野屋をつれてズンズンと立ち去っていった。

「今の子と、ゴールデンウィーク、過ごしたんですか」

「え？　ああ、うん。家でね、試験勉強しただけ」

日代の胸のあたりに、またあの〝もやっと〟が訪れる。本当に、なんなのだろう。

この感覚は。

「そういえば、今、夜明君とは普通に話していたけど。知ってるの？」

「はい。了は、去年同じクラスだったので。知り合いではありますね」

「りょう……？」

「何か？」

「ちょ、ちょっと待って。夜明君のこと、了って呼んでるの？」

「はい。以前、そう呼んで、と言われたので」

今更ですか、という表情でそう答える日代。海崎の胸の中に新たな痛みが生まれる。

気にしなければ済むことなのに、何故か痛みの出どころを掘り下げてしまう。

大神はカズ君で、夜明さんは、了。それなのに、自分はまだ、海崎さん、か。

……なんなんだろう、この壁は。

「じゃ、俺のことも、あら……」

「……?」

「――ゴメン。なんでもない」

なんなんだ。呼び方ひとつの話なのに、俺は、なんでこんなに……。――ガキかよ。

いつの間にか、こんな日常が普通になっている。やれやれだ。まだ先は長い。これからも、10も下のガキどもに、さんざん振り回され一喜一憂することになるのだろう。

本当に、こんな俺でいいのか？　リライフ。

海崎が、そう思った瞬間、ふとあの人の声が聞こえた気がした。

〝しっかりしろ、海崎君〟

振り返る海崎。上り切った坂道の向こうに街並みが広がり青空に入道雲が広がっている。

高校3年。

2度目の夏が、来るのだ。

エピローグ

友達の定義とは、なんだろう。日代はずっと考え続けていた。

昼休み、日代はラーメンを食べながら、狩生と玉来と雑談をしている。話の流れから日代は例の〝もやっと〟現象について相談していた。

「それって、海崎のことが好きだってことじゃないの?」

日代は、ラーメンをすすり切ると、は?と聞き返した。

「だって、海崎が他の女の子といると〝もやっと〟するんでしょ?」

「はあ」

ははん、と狩生は日代を指さす。

「もしかして、恋?」

ネット検索と、全く同じことを言われ、戸惑う日代。

「それは、違うと思います」

狩生と玉来は、何で？と聞いてくる。

「……わかりません」

恋といえば、と玉来は、別の話題を振ってきた。

「小野屋さんって、海崎君と大神君と3人でよく一緒にいるよね。ゴハン食べたり、勉強したり」

日代と狩生が、同時にぴくりと反応する。

「まあ、あれは、2人が編入したてで、友達もいないだろうというところを、大神が優しいから」

玉来は、からかうように狩生を見る。

「ノロケ⁉」

「なんでよ！」

日代は、急に箸をおく。

「少し……分かったかも知れません。なんというか、海崎さんには、他にたくさんの友達がいるかもしれませんけど、でも、私には初めての友達で、きっと、少し、特別に思っていて、私の知らない輪の中で楽しそうにしてるのを見ると、何か。……なんだか」

頭から煙が出そうになる日代を玉来がフォローしてくれる。

「分かる、そういうの。この子は、あたしの特別。だから、その子の一番はあたしであってほしい、みたいなね」

玉来は、チャーハンを食べる狩生を覗き込む。

「あたしも、玲奈にそう思うもん」

「え」

すかさず、日代が習ったばかりのワードを使う。

「もしかして、恋ですか」

はは、と笑って違うよ、と否定する玉来。

「恋だったら、玲奈の一番にはなれないもん」

「ちょっ、ほのか！」

え、と日代は狩生を見る。

「狩生さん、好きな人、いるんですか？」

「え、気づかない？　めっちゃ、分かりやすいのに」

「気づく訳ないでしょ、この鈍感女が」

日代は、頭を下げる。

「狩生さんの言う通り、私は、勉強はできても、人間関係についてはクズですので」

「誰も、そこまで言ってないでしょ」

「――で、誰なんですか」

「食いつくわね、他人に興味がないって言ってたくせに」

「目の前にぶらさがっている疑問を無視する訳にはいきません」

玉来が、教えてあげなよ、と狩生をこづく。

「あたしの好きな人は、あの……お……」

「お？」

「お、おおお……」

心臓がバクバク鼓動する。考えてみたら、玉来にも勘付かれて白状した系だったため、自分から、ちゃんとあの人が好きだと、口にしたことがなかった。改めて口にしようとすると、死ぬほど恥ずかしい。赤面し、黙り込んでしまう狩生を見かねて、玉来が口をはさんだ。

「大神君だよ」

「ほ、ほのか!?」

「だって、言いにくそうだったから」

「だからって、だからって！」

「いいじゃん、友達なんだし」

「だからって！」

今まで見たことないほど取り乱す狩生を見て、日代も思わず微笑む。

「かわいらしい面があるんですね。狩生さん」

「え」

「そうなの。分かりやすいでしょ。あたしは、そういう素直なところが好き」

更に赤くなる狩生。

「もう、2人とも嫌い！　あたしのことバカにして！」

「バカになんてしてないよー」

日代は、なるほど、と頭の中である図式を完成させた。

「じゃあ、私と狩生さんは同盟ですね」

「同盟？」

「打倒、三つ編みメガネ」

は……？と日代を見つめる狩生と玉来。２人、顔を見合わせると、ははははと笑いだす。

「何、三つ編みメガネって！　小野屋さんのこと？」

「打倒って何！　倒すの？　別にライバルでもないのに。何それ」

失礼しました、と言い換える日代。

「言葉が悪かったですね。なんだか好きになれない三つ編みメガネ、に訂正させていただきます」

更に、笑う狩生と玉来。狩生は、おなかを押さえて笑いをこらえる。

「もう、やめて。日代。真顔でそういうこと言うの」

「ひしろんって、天然だよね。おもしろい！　でも、そういうこと、あんまり言っちゃだめ」

ひしろん？　ああ、日代だから、ひしろんか。そのぐらいのことなら、私でも分かる。

友達の定義というものが、いまだ分からない。

――ただ、今日、生まれて初めて、私にあだ名がついた。

完

小説 ReLIFE 1

2017年3月31日　初版第1刷発行
2017年4月30日　初版第2刷発行

著者　武井彩

原作　夜宵草

発行　リンダパブリッシャーズ
東京都港区港南 2-16-8 〒108-0075
ホームページ　http://lindapublishers.com

発行者　新保克典

発売　徳間書店
東京都港区芝大門 2-2-1 〒105-8055
電話／販売　048-451-5960

印刷・製本　中央精版印刷

定価はカバーに表示してあります。
万一、落丁・乱丁などの不良品がありましたらリンダパブリッシャーズまでお送りください。送料小社負担にてお取り替えいたします。

ISBN978-4-19-905218-7　C0193